陳玉慧 Jade Y.Chen

READING WOMEN

讀女人

目次

● 文學 LITERATURE

● 音樂 MUSIC

● 影視 FILM

● 政治 POLITICS

● 醫學 MEDICINE

● 情慾 LUST

● 運動 SPORTS

我的女性模範是一條蛇？

有一天，有人問我，做為台灣女性，你有什麼典型模範（role model）嗎？我想了很久，沒有呀，我終於回答。那個問題後來其實一直跟著我。偶爾問題自己也會繼續問我：難道你這一生真的就沒有一個女性模範？

沒有。有的話，也絕不會是秋瑾或者蘇菲・索爾（Sophie Scholl）。

過去我在構思劇本和小說時，再三考量的經常便是女性形象。很可惜，大多時候我自己的女性形象也不夠鮮明，唯一鮮明的一次，是一九八八年我改編里爾克（R.M. Rilke）和莎樂美（Lou Andreas-Salomé）的故事，我一向深深被莎樂美的理性和知性所折服，在那個名為《那年沒有夏天》的劇本中，我讓莎樂美堅持自我成長，選擇離開，她留給詩人里爾克無限的美感和孤獨。我一直很喜歡這齣我為「優劇場」(現名優人神鼓)編導的戲，我愛上了莎樂美的形象。

但這幾年來，我讀了更多有關莎樂美的書和資料，才發現，原來莎樂美是因為自己比里爾克年長十五歲，擔心「亂倫」，才終身不敢愛里爾克，里爾克死後，她哀傷逾恆，必須和佛洛伊德長期做心理分析。

所以，連她也不是我的 role model 了。

我繼續在西洋劇本中尋找。米蒂亞（Medea）為了愛情不擇手段，六親不認，既殺了弟弟，又逼自己的兒子自殺，這麼殘忍暴力的女人，比較像希臘神祇的故事吧，不像人的故事。而安蒂岡妮（Antigone），照顧父兄的安蒂岡妮，我也覺得不值得，為什麼為了維護父權的倫理秩序，寧死也不屈從她所處之社會？而在莎士比亞的作品，很多人都覺得相當傳神的馬克白夫人，貪婪於權力，卻未一權在握，只是幫兇，所為何來？我一直也不甚理解。

最有女性自覺精神的劇作，全出自挪威劇作家易卜生之筆，不管是娜拉或者海達．蓋布樂，那些女主人翁全知道自己活在什麼時代，也明白自己在做什麼，但是，易卜生的作品告訴我們，女性自覺只能是悲劇，那些自覺的女性不是離家出走便是自殺。

女性自覺真的只能是悲劇嗎？

福樓拜的包法利夫人只會做夢，她無法區別現實和幻想的距離，也無法區別慾望與自我實踐的鴻溝，這種人當然只能活在悲劇中。以上這些女人全非 role model，說穿了，全都是負面教材，只能留給後人做警惕。

唯一的例外，是莎士比亞《威尼斯商人》裡的鮑西婭，她女扮男裝冒充法官，才智雙全，拯救了丈夫的好友。多麼酷，又多麼帥啊，這可能是我最喜歡的女性角色之一，比起布萊希特（Bertolt Brecht）的勇氣母親（Mutter Courage）好多了。

勇氣母親只教我們，做人要妥協，若要在亂世求生，靠的是機智而非道德，求生存亦非關勇氣；這角色有其時代意義，但與女性意識毫無關係。

回到中國戲曲文本。在許多中國戲劇中，沒有伊底帕斯的弒父情結，也沒有什麼大不了的戲劇衝突，最常見的便是父女衝突，父親打算將女兒嫁給女兒所不願的男人，但女兒最多也只是與情人私奔。另外，最常見的戲劇衝突還包括，遭人暗算誤會，含冤莫名，最後經歷種種，才昭雪大白。像《竇娥冤》，唉啊，好冤哪，這不是我的 role model，真的不是。

《牡丹亭》裡的杜麗娘為了夢中情人相思而死，王寶釧在寒窰等了薛平貴十八年，這些悲劇女性都不得我心。如果這樣，那我更喜歡《白蛇傳》裡的白蛇，至少她獨當一面，敢愛敢恨，不像許仙是一介懦夫，出事後只會躲在法海背後，我覺得，《白蛇傳》是傑作，劇中法海象徵的是中國舊社會秩序，舊社會規範女性應該附屬於男人，而獨立自主的女性則都是異類，因此只能是蛇蠍。

中國戲劇史上，我所喜歡的女性角色竟然是一條蛇。

我不但從未在中國現代戲劇作品中看到令我心儀的女性角色，而中國現代文學中的女性形象也常與我交臂而過，張愛玲的女性人物多半心眼重，心機深，對男女關係好像總有一個算盤在打，而做為我最鍾愛的作家，白先勇的女性人物都是失勢族群，所做的不過緬懷過往榮華，李昂《殺夫》的女主人翁雖令人同情，但殺夫的動機和心理背景不明朗；這些女性令人印象深刻，但都不是我的 role model。

在文學作品中雖然沒有女性典型模範，請原諒我的人格高標準，但現實生活裡，我曾經遇見幾個令我佩服有加的女性，這是後話。

藝術

ART

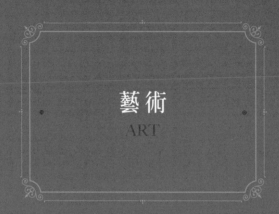

羅丹的情人

卡蜜兒．克勞黛 Camille Claudel

毫無疑問，卡蜜兒．克勞黛（1864-1943，法國）是十九世紀最傑出的雕刻家之一，但她被記得的多半只是她的身分——羅丹的情人。

卡蜜兒的弟弟保羅．克勞黛，是詩人外交官，也是漢學家，曾在中國居住一長段時間。從一些通信和日記看來，保羅和姊姊卡蜜兒的感情很好，他是她唯一能說話的人。

雖曾是羅丹的情人，卡蜜兒一生的情感生活極為不幸，多半時間都處於孤獨時刻。她飽受精神分裂之苦，最後孤單地死於精神病院。

一八八四年，卡蜜兒認識當時已大名鼎鼎的羅丹，她成為他的模特兒和謬思，她也是他的紅顏知己和情人。二人瘋狂熱戀但從未住在一起，羅丹也不願意離婚，同時，卡蜜兒的母親也不同意女兒參與藝術，要她離開羅丹的工作室。但羅丹不但對妻子不忠，在與卡蜜兒交往之外，還到處招蜂引蝶，卡蜜兒為了他墮胎，一八九二年，她結束與羅丹的關係，不過一直到一八九八年，他們仍然有來往。

從一九〇三年開始，卡蜜兒在巴黎秋季藝術沙龍展出她的作品，有一段時期，作品受到羅丹的影響，但離開羅丹後，逐漸形塑了自己的風格。廿世紀初，她的作品受到不少人歡迎，得到了商業上的成功。

外傳作曲家德布西一度與卡蜜兒有關係，但這個傳言後來被證明是誤傳。然而，德布西在自家壁爐上保存了卡蜜兒的雕像。

一九〇五年後，卡蜜兒的精神陷入瘋狂。她摧毀許多自己的雕像作品，消失了一陣很長的時間，行為也異常偏執，被確診為精神分裂症。她開始指責羅丹偷竊她的想法，並且說，羅丹暗中唆使人謀殺她。

卡蜜兒的父親一向支持幫助她，但一九一三年父親去世，卡蜜兒卻沒有被告知。同年，她住進了精神病醫院，但後來有紀錄顯示，雖然她曾一度是精神病患，但後來頭腦恢復清醒，醫生試圖說服家人，她可以返家工作，但她母親堅持拒絕。

卡蜜兒一九四三年十月十九日去世，在漫長的卅年中，幾乎不再創作，她雖然摧毀了自己的作品，大約九十個雕像、素描和繪畫等作品，但所幸仍有一些倖存下來。

有人說，易卜生編寫的最後一個劇本，就是羅丹與卡蜜兒的故事。

一九五一年，哥哥保羅為卡蜜兒在羅丹美術館舉辦展覽，展出她的雕塑。一九八四年有一個大型展覽，二〇〇五年，在加拿大魁北克和美國的底特律及密西根繼續展出她的雕塑。從此，外界對卡蜜兒開始不陌生，她也開始洗刷「羅丹的情婦」之名。

保羅．克勞黛曾經說過，他的姊姊很美，可能太美了，且受到家族命運所累，終其一生對愛只有渴望，永遠無法真正得到，她不像羅丹那麼風光受歡迎，也沒有羅丹媚俗的那一面，他認為，評論界曾一度受到誤導，認為卡蜜兒的作品不如羅丹。

我常想，如果當年卡蜜兒不拜羅丹為師，並且不是他的情婦，甚至不受他的影響，她的雕刻作品是否會更好？更傑出？風格更獨具？而羅丹如果不要那麼多情不忠，卡蜜兒可不可以不發瘋？

卡蜜兒的雕刻作品不必和羅丹並列，她自己就是一名傑出的雕刻藝術家，有可能她比羅丹更偉大。

為布萊希特代筆的女人

布萊希特 Bertolt Brecht

今年是戲劇大師布萊希特（Bertolt Brecht，1898-1956，德國）一百歲冥誕，許多布萊希特的傳記、作品及文集也趕著在今年印行出版，相關的報導及評論又再度充斥於德國媒體，其中最聳動的一則傳聞是：布萊希特利用女人成名，他的作品皆由女人在床頭捉刀。

這個聞所未聞的說法立刻在西方文藝界引起廣泛的討論。畢竟，過去一百年來，布萊希特是西方戲劇史上最舉足輕重的名字。

布萊希特一八九八年出生於德國南部，他先在慕尼黑大學就讀戲劇系，很快便開始撰寫劇本，一九二八年，他的《三便士歌劇》（乞丐歌劇）一舉成名，布萊希特開始享譽世界各地。由於是共產黨員，在納粹的迫害下，於一九三三年移民丹麥，一直到大戰結束後才搬回德國在柏林定居，一九五六年心臟病突發，撒手人寰。

布萊希特在生前與不少女人有過交往，私生子也不少，他逝世之後，便發生過女兒爭奪遺產及版權的事件。有人便說，布萊希特一直以「無產階級詩人」的頭銜自豪，但其實他一點也不貧窮，不但喜歡抽高級雪茄，穿名牌服飾，而且還頗好女色。

但是，這些說法都還不足以困擾布萊希特迷。最令愛好這位大師的人感到不滿的是，今年美國出版了一本《布萊希特傳記》（*Brecht & Co.*），作家John Fuegi在他的書中指陳：布萊希特的作品其實皆是與他同床女人的靈感或主張，布萊希特利用她們的作品成名，是個自私自利的大男人，是利用別人才華的霸道作家。

John Fuegi的說法令人存疑，但因為布萊希特和他的女人們如今都已在黃泉之下，死無對證。相反地，與布萊希特交往過的女人大都在生前承認，她們之所以深愛布萊希特，乃是他的才華過人，所以才付出青春，無怨無悔追隨著他。無論是海倫・懷格（布氏作品最成功的女演員），或海格麗特．史蝶芬，甚至伊利莎白．霍夫曼及丹麥女作家胡絲．貝勞等人，都是在與布萊希特陷入熱戀後，紛紛成為他的工作夥伴，或者說得更清楚些，成為布萊希特的文字祕書，不但得和他溝通討論劇情，還得替他抄抄寫寫。

伊利莎白．霍夫曼便是一個很好的例子。她除了美貌外，還有不少語文天才，對戲劇藝術更有一份少有的鑑賞能力。當年就是在她的引介下，布萊希特開始讀《乞丐歌劇》的原著，這個劇本出自英國劇作家約翰．蓋依的手筆，但當年的演出並不成功。布萊希特在看過由霍夫曼一手翻譯的劇本後，做一番更動，邀請當年作曲家 Kurt Weill 為該劇作曲，並改名《三便士歌劇》，首演即造成各界轟動。

戲劇史專家對此事有不同的詮釋，他們認為，《乞丐歌劇》雖是蓋依的原著，但是布萊希特卻將原劇的陳舊文句改換成充滿生機及詩意的文辭，況且，一些結構上如劇情的更改才是後來該劇盛行不衰的主因。

他們的意思顯然是：大師不是抄襲，是化腐朽為神奇。但從來沒有人提過霍夫曼。

為希特勒殉葬的女人

伊娃．布朗 Eva Braun

她叫伊娃．布朗（1912-1945，德國），一生只愛一個男人，那個人是一代梟雄希特勒。她至愛他，二次大戰大勢已去前，他決定自殺，她也為他殉葬，死時卅三歲。

而希特勒陰魂不散，德國人至今無法埋葬這個名字。最近希特勒早年的著作《我的奮鬥》這本禁書又開始在東歐及土耳其大賣，成為暢銷書，另外，歷史學家找到了一些有關希特勒從未公布的資料，希特勒的私人祕書和管家在戰後遭史達林扣押，史達林對希特勒的私生活很感興趣，他尤其想知道希特勒和伊娃．布朗的關係，為什麼伊娃．布朗會陪希特勒一起死。

按照希特勒管家的說法，伊娃．布朗是那時全德國最不快樂的女人，因為她生命大多數時光都在房間裡等著她的領袖，但她逐漸接受她的命運，做一名偉大領袖的伴侶注定便是孤獨，她告訴自己，那便是她的人生使命。

伊娃．布朗在南德天主教家庭出生，從小便活潑可愛，高中畢業後在慕尼黑找到一個工作，是為攝影家霍夫曼擔任照相館的助理，那時霍夫曼剛剛成為希特勒的私人攝影師。有一天希特勒到照相館來，希特勒才踏入店裡，伊娃．布朗便愛上了這個留一片鬍子的男人。

她當天便提筆寫信給姊姊：當店門打開時，我正在樓上整理東西，我看到老闆帶著一位年紀稍長的男人進來，那位男士手上拿著帽子，我假裝繼續做事沒看見他們，但我暗中一直注意那位男子。

我下樓時，老闆把我介紹給那位男士，他說，渥夫先生，這就是我們的小伊娃小姐，那位男士很客氣地看著我，老闆便叫我去街上買啤酒和配酒的香腸。

幾天之後，希特勒邀請布朗去劇院看戲，伊娃．布朗看完戲後提筆寫信：親愛的希特勒先生，我要謝謝您給我機會到劇院度過這麼美好的一晚，那是我永難忘懷的夜晚，我非常珍惜我們的友誼，也數著每一分每一秒直到我們再會面。

伊娃．布朗在這段初戀時分，曾因希特勒二個星期對她不理不睬而吞安眠藥自殺，但終究沒死成。不久，希特勒便答應讓她搬到他在阿爾卑斯山的別墅去住，那山挺料峭風寒，布朗的中下階級的父母宗教信仰很深，他們反對女兒去當別人的情婦，但是伊娃．布朗不改其心，接下來的十六年，她都跟隨著希特勒，過著豪華而空虛的生活。

希特勒的管家對史達林說，伊娃．布朗多在山上等著領袖回家，希特勒在時，如果不開會，二人便會到私人房間會面，希特勒總要人為伊娃．布朗準備熱巧克力、香檳酒和點心，他們在房間吃吃聊聊，有時會消磨幾個小時，但在午夜之前，希特勒一定會退回自己的房間讀報紙和回信，他們應該一直沒有性關係，管家將他所知一一告知史達林。

一九四五年，儘管希特勒從頭至尾不相信，但戰爭確實走到尾聲，希特勒決定自殺，而伊娃．布朗也堅持相隨，但希望在死以前能與希特勒結為髮妻，希特勒辦了婚禮，由二位至死效忠的手下戈伯勒和保曼當證婚人，伊娃．布朗在結婚證書上簽名時，她寫下 Eva 兩字，才簽下布朗的B字，當場便把B字塗去，寫上她的新名字 Eva Hitler，這個姓氏她用不到廿四小時，第二天下午兩人便一起自殺了。

在自殺之前，希特勒感嘆地對最後還陪著他的管家說，這世界上除了我的狗「蹦弟」外，我唯一可以信賴的人只有伊娃．布朗。

那一天是一九四五年四月卅日，希特勒交代了遺書，表示他將「為國而死」，他的妻子也自願陪他一死。下午三時，他們二人退至私人房間，希特勒以槍射擊頭部，而伊娃．希特勒則服毒自殺，二人都靠在沙發上，沙發則沾滿了希特勒的血。

最後見到這一幕的人將二人抬至總理府花園焚化。希特勒在遺書中說，他要把他的物品全捐給黨，如果黨消失了，就捐給德國，但他死後，俄國紅軍看到稍微值錢的東西便搜刮走了，剩下的東西根本沒人要。

當天，漢堡廣播電台播報了這則新聞：我們的領袖為國捐軀，已於今日死於總理府，他為了對抗布爾什維克主義不遺餘力，奮鬥到生命最後一分鐘。

沒有人提到伊娃．希特勒的死亡。

桑塔格戀人的攝影

安妮・萊柏維茲 Annie Leibovitz

對人拍照就如同施暴一樣，攝影者看到被攝影者從不曾看到的自己，認識了被攝影者從不知道的自己，攝影者把人物轉化成一種可以被占有的符號，攝影機是一種昇華版的槍枝，給人拍照是一種潛意識的謀殺，一種柔性的謀殺，等同悲傷時刻，令人不寒而慄。

——蘇珊・桑塔格《論攝影》（*On Photography*）

安妮・萊柏維茲（Annie Leibovitz，1949-，美國）是評論家蘇珊・桑塔格的戀人，在我看來，也是本世紀最具影響力的攝影師之一。

二〇〇六年，萊柏維茲出版的個人攝影集《*A Photographer's life: 1990-2005*》，公開了已逝才女蘇珊．桑塔格（Susan Sontag）許多不為人知的照片。而桑塔格乃著名作家和女權主義者，也是近代西方最引人注目和最具爭議性的評論家。

萊柏維茲是在和幾位桑塔格好友商討後做的決定，她公開了幾張看得見桑塔格陰部的裸照以及她死亡前後的留影。包括《紐約時報》在內的媒體，評論萊柏維茲此舉有傷死者的尊嚴，而桑塔格的兒子大衛．希夫（David Rieff）也認為，萊柏維茲侵犯了桑塔格的隱私，是在拼湊「知名人物的死亡嘉年華」，但也有文化評論家認為萊柏維茲「解構了桑塔格的身體和形象」，有助於後人對桑塔格的理解和論定。

桑塔格在死前未曾公開自己和萊柏維茲是情侶，外界對二人關係撲朔迷離，萊柏維茲出版攝影集應是為自己身分和與桑塔格的關係定位，並且療癒失去愛人的傷痛。

萊柏維茲最著名的作品是在一九八〇年十二月八日那天拍的，她為約翰．藍儂拍了那張抱著小野洋子的裸照，在拍完五個小時後，藍儂在紐約家門口被人暗殺。

安妮·萊柏維茲是在一九八八年結識蘇珊·桑塔格。當時萊柏維茲已是著名的攝影師，受出版社之邀為桑塔格的《疾病的隱喻》一書做宣傳照。那一年，萊柏維茲卅九歲，而桑塔格五十五。「她就是我一生最想認識的人。」萊柏維茲曾這麼說，在與桑塔格初識的幾次約會，她緊張並不停流汗，不敢說話，因為怕在仰慕之人面前說錯什麼。

萊柏維茲和桑塔格共度十五年的時光，她也陪伴了桑塔格最後的人生時刻。二〇〇一年，她的孩子莎拉出生時，桑塔格也在床邊，那是她們的孩子，父親是精子捐贈者，「桑塔格幫助我做了人生決定。」且桑塔格非常愛莎拉，儘管如此，直到今日，萊柏維茲在談論二人關係時，仍維持了「朋友」（Friend）這個名詞。

那些年，二人關係密切但未同居，就住大樓公寓面對面，「我們互相照顧」。她們也一起旅行，萊柏維茲為桑塔格拍了一些照片，但「太少了，桑塔格也抱怨太少了」，如在約旦佩特拉高聳的岩洞裡窺見獨行的桑塔格，或者慵懶的桑塔格仰躺於自家沙發，前者映照了桑塔格公共知識分子的世界形象，後者反射出桑塔格平凡又詭異的居家生活和其做為女性自身的陰柔面。

萊柏維茲年少便展示其攝影才華，她的人物攝影受到攝影家亞維頓（Richard Avedon）的影響，而桑塔格應該是深化了她的女性觀點，萊柏維茲在一九九九年出版了《女人》（*Women*）攝影集，桑塔格的為文，奠立了萊柏維茲在攝影史上的地位。

萊柏維茲拍攝的女性，推翻了廿世紀以來男性攝影師的女性既定形象。在此之前，在商業攝影類，亞維頓拍過克勞馥（Cindy Crawford）、韋伯（Bruce Weber），拍過坦娜特（Stella Tennant），而另一位大師林德伯格（Peter Lindbergh）拍過赫茲高娃（Eva Herzigova），但時至今日，男性攝影師作品仍有物化女性之嫌，此之代表以漢穆．紐頓（Helmut Newton）的女性攝影為甚。

《女人》攝影集是一本巨大書冊，是一篇優美的政治散文，說是女性主義的攝影代表作亦不為過。萊柏維茲收集了近一百七十位世界各地的女性人像攝影，包括在烽火下之塞拉耶佛的桑塔格、坐在白宮陽台工作的希拉蕊．柯林頓、懷孕的黛咪．摩兒及英國女王、女太空人、女法官、被強暴者、女軍人、女歌手、女礦工、女裁縫、女州長等等，這些人像攝影構圖優美，女性的自信流露無遺，甚至帶有英雌之感，萊柏維茲改寫了歷史（History）的訴說方式，重新了以女性為定位的歷史（Her Story）書寫。

只要翻看這二本攝影集，我想，沒有人會懷疑，桑塔格和萊柏維茲是深深相愛過的。

我曾是姬蘭粉

西薇・姬蘭 Sylvie Guillem

我第一次見到當代芭蕾舞名伶西薇・姬蘭（Sylie Guillem，1965-，法國）是在巴黎歌劇院的後台走廊。

那時她被歐洲舞評者捧上天，而那天她是在巴黎歌劇院排練羅伯・威爾森（Robert Willson）的新戲，我和羅伯・威爾森正在談話，他中斷和我的談話，在走廊上以親手禮向姬蘭致意。

姬蘭那時沒有任何傲氣，她對羅伯恭敬一吻顯得有點羞澀，那一年是一九八八年，那一次我不但第一次見到這位當代芭蕾舞明星，也是第一次遇見威爾森。她走在舞台後台走廊，似乎和其他二位舞者正要去歌劇院的餐館用餐。

在遇見姬蘭之時，威爾森正在與我商量何時接受我的採訪，他說，嗯，你可以先陪我去按摩嗎？在按摩之後，我們有半小時的時間可以聊聊。我答應了他，並在巴黎歌劇院地下的按摩室前等他。那真是奇怪的經驗，我甚至聽到威爾森因按摩疼痛而發出的聲音。

那天，我問羅伯導演此戲的心得，羅伯說出了那後現代的經典名言：今天中午我點了一道魚，那隻魚一直用一隻眼睛瞪著我。我問他，他的作品是不是受到法國詩人阿拉貢（Louis Aragon）的超現實主義影響？威爾森回答：不，我來自美國南方，我比較受南方作家像福克納等人影響。

那一年，威爾森在巴黎歌劇院導演《聖巴斯提安殉難記》（Le martyre de Saint-Sebastien），那是德布西的歌劇，姬蘭出飾聖巴斯提安，由日本歌舞伎舞者花柳壽夕紫所合編的舞碼，再加上威爾森本人無懈可擊的燈光和舞台設計，使我對姬蘭留下深刻印象。

當然，我後來也非常喜歡姬蘭為威廉・福賽斯（William Forsythe）演出的作品，只要她在舞台上，我很難不注意她，誰有那麼長的腿，幾乎像體操選手般的精準度，完美的芭蕾舞訓練，而又如此具現代舞蹈風格的表現？

姬蘭之所以在八〇年代便是頂級的國際舞蹈巨星，與紐瑞耶夫大有關係。或許沒有紐瑞耶夫便沒有今天的姬蘭？

一九八三年，俄國芭蕾舞巨星紐瑞耶夫出任巴黎歌劇院的藝術總監，他遇見了十八歲的姬蘭，從此改變了姬蘭的一生，他選了身材高大的姬蘭與他合跳《吉賽兒》和《天鵝湖》，不但造就自己的舞蹈事業另一高峰，也成就了姬蘭。

紐瑞耶夫在九三年因愛滋病在巴黎過世，姬蘭至今仍追憶他。她曾說，她和紐瑞耶夫的關係愛恨交加，因為二人都很害羞，不擅表達，因此常常壓抑之後，便是爭吵。紐瑞耶夫從來不打電話給任何人，但他卻經常半夜打電話給姬蘭，有時乃至於咆哮。但紐瑞耶夫聲稱他深愛姬蘭，大家都知道他是同志，但他卻曾經說過，他是愛姬蘭，曾打算和她結婚。

關於和紐瑞耶夫的往事，姬蘭至今提到時，仍會哽咽。她說她那時年少，頑固又不經事，而紐瑞耶夫也不好相處，紐瑞耶夫選她合跳時，她並不是很有信心，但是紐瑞耶夫發掘了她的才華，和他合舞，讓她知道如何投入情感，紐瑞耶夫無論何時，眼睛總是深情地注視著她，使她無所遁逃。

姬蘭二度來台時，我在台北國家戲劇院再度欣賞她和英國編舞家羅素．馬利芬（Russell Maliphan）合跳的PUSH，完美的獨舞和合舞。據說，和馬利芬合作，是她的堅持，她的堅持是對的，而那時四十九歲的她打算即將引退。

姬蘭的一生精采動人，她是現代舞蹈界的皇后，也是現代舞蹈史上一個傳奇人物。

仙女畫家吳淑真

吳淑真 Shuzhen Wu

第一眼看到吳淑真（1960-，台灣），即被她的優雅和純淨的氣質吸引，我們坐在吳宅正廳的圓桌前說話，我有一點恍然，更多是震驚，她和哥哥數十年來生活在雲林斗六的一棟古蹟民宅內，彷彿與世隔絕，但卻有何等深藏不露的人文涵養及浪漫的天真情懷。

那是一個秋天的下午，我和一群人二度拜訪吳淑真。車子經過斗六，開進了郊區田野，四處都是垂纍的稻米，車上有人說，「以前吳秀才的田地跨過濁水溪，每每騎馬巡田，都巡不完。」吳淑真的祖父是清末秀才吳克明，而曾祖父吳朝宗曾是領清武官、千總及雲林大總理。

父親吳景箕為東京帝大漢學博士，曾任斗六初中校長，退隱後譯有唐伯虎、陶淵明等研究，曾創作五千首古詩「梅鶴水雲詩存」。吳淑真有一個傳奇的家世。

我們來到了深鎖的吳家庭院，望著大門口的地址牌，地址以俊秀毛筆字書寫在木板上，一群人只能驚嘆，這是什麼地方？誰又住在這裡？

一九一一年，梁啟超因推動戊戌政變失敗而流亡日本，台灣社會運動領袖林獻堂邀請他到台灣，梁啟超便曾造訪吳秀才家，並留下一些對日本資本家剝削農民之不平而鳴之詩。而在七十年代，當時台灣青年畫家席德進也曾慕名而來，並為吳宅做了素描和畫作。

正廳中央供奉祖先牌位，廳內樑柱上是她祖父留下的對聯：仙人掌上雨初晴，野鶴巢邊松最老。這一家人不但家世顯赫，且從來都有愛好大自然的習性以及隱潛人生之傳統。

吳淑真住在這裡，吳光瑞也是。這一對兄妹遠離塵囂，長年看守祖先家宅，平時都在自娛畫畫或寫字，吳淑真的畫作很是純粹，看過的人都稱奇，無師自通的 她創作量如此多，作品風格也繁複有加，美術界如劉其偉在世時也相當驚艷，曾鼓勵她繼續畫，當時任美術系系主任的他戲稱，「我的位子給你坐。」但她說自己一向平常過日子，沒有得失心，但是不經心時也說過，

「繪畫救了我，」以及，「這一生是為了畫畫來的。」

從小，吳淑真喜歡讀文學作品，第一本讀的小說是《簡愛》，她到今天都還記得小說主人翁羅徹斯特後來目盲，如何伸手觸摸天空降下的雨滴。此外，她還讀過許多世界名著如毛姆、羅素及卡夫卡或者尼采、叔本華、卡謬等眾多作品，「那些書中總是一句話便讓我回味無窮。」從小沉浸在浩瀚的西方文學書冊中，她個性中的浪漫情愫得以滋養長大，她到今天都是那個文學世界裡來的人物。

吳淑真年過八十，至今未婚，從小住在這古老的住址，彷彿仙女下凡，墮入吳家，一生都留在家裡，一直到廿五歲都是無憂無慮的高個少女。在斗六鄉下有美好的童年回憶，譬如把螢火蟲抓來裝在瓶子裡，也灌過蟋蟀，躺在樹上，日暮像金黃色的蚊帳，她想抓住夕陽，以蘆葦綁住草莓做項鍊，看著靈巧的蜘蛛編織，觀察斑剝的老牆，從中看到具體圖像，日子在花氣和鳥聲中度過。然後，開始照料生病的母親，隨後父親，為了討好父親，開始畫畫，因為哥哥的朋友看了她潦草的幾筆，便認定她會畫圖，「只會畫瘋貓」，雖然她這麼承認，但一畫就不可收拾，從此以為「畫尪仔好過日子」。

對她，凡事無奇。她說話亦輕聲慢語。遠遠望她，她一直是那個不沾染塵土的仙女，談起繪畫，她亦無事，「沒事做，就來畫，」一天畫三張，水彩畫，或許那更像她簡潔的天性，水彩而非油畫，一般「一張畫廿分鐘就畫好，」但有些畫則需要好幾天才能完成，那時她必須停下來和那些尪仔聊天。從不打草稿，也不調色，「不喜歡打草稿，即便人生也一樣。」風平浪靜，但所有想做的事都以耐力完成，一步一腳印，這些字都是她用語，「不走一般人的路，但人生沒有大風波，」從來不覺得自己和他人相同，也從來沒想到要出家。

這一生若不畫畫，「那就寫小說」，事實上她寫過並投過稿，說是「騙稿費來買黑膠唱片」，也織過毛衣圍巾椅墊或做過陶藝，不但寫過書法，還好好學過鋼琴和手風琴，唯一做不來的是種菜。從來不覺得無聊，很少看電視，若果真這麼做，一定是心情不好。她沒有很多朋友，但女性朋友還有幾個，男性朋友沒有，有的話也只談畫畫。從未想過結婚？不會遺憾？不會，一點都不會，沒有想過結婚，因沒有理想對象。她至今是好女孩，謹記父親嚴格的家教，「別人的東西，不能愛，」不但不想成為別人的外遇，且還有自知之明：身高這麼高，去哪找？

她其實是一名神祕主義者。雖說從不算命，凡事沒有定見，不喜計算，也不耐公式化。對她而言，一粒沙真是一個世界，樹會說話。因為愛看屋頂上的青苔，她寧可選擇側門走入，在很多不具體的物形中看到具體的圖像。幼兒便知道，大家都睡了，只有她還在幻想，「我是小孩、我也是大人、我是男人也是女人，我是那隻啼叫的鳥，」因為人生如夢，現在此刻便是夢，一個不停重複的夢，她畫的都是夢中人物。她說，每個角落都有夢，每一樹一葉都有夢。

小時候愛哭，日據時代空襲來時，因跑不動，也站著哭。長大後再也不哭了。她說，她這一生如此轟轟烈烈，除去愛情，她一定是最幸運的人。但她也說，她不是「蕾絲邊」。她只是吳淑真。

和她聊天，吳淑真會出其不意地冒出一些很奇特的句子，譬如：「人是住在房子的鬼，鬼是離開房子的人。」或者：「我是鐵道，你是火車一直走。」「狗對著垃圾車一直吠。」那些句子都是她的人生印象，也是她內心的繪畫風景。

而她的人生和父母息息相關。母親是才女，畢業於彰化女中，「頭髮烏金」，很喜歡唱歌，在吳淑真的回憶中，她總是躺在榻榻米上聽母親唱好聽的歌。吳淑真和父親特別聊得來，父親愛思考和讀書，她和他總有聊不完的話，父親要她讀屠格涅夫的散文集，而只有他聽得懂她的瘋言瘋語，最後也只有她陪伴他說話，度過餘生。

吳淑真的父親吳景箕「常穿皮鞋去摘木瓜」，喜歡騎馬，馬術出奇地好，譬如策馬入林，當馬匹快步穿過低椏樹枝時，他便翻下馬腹，再翻回來，騎馬英姿不知羨煞多少人；他的文學和藝術品味終生影響著她，「但父親管教也很嚴，」她也回憶那些少女嚮往外出的日子，要佣人先將鞋子拿到門外，再赤腳溜出去搭三輪車，但她愛父親，「沒人管才是不幸，」她寧願父親管教；那些年，她也騎自行車去學鋼琴，愛狗一路跟著並四處吠，有時她索性躲起，讓狗到處找她。她有過許多這麼幸福的日子。

父親逝世後，她更有時間作畫。也可以算是為父親作畫，畫畫成為懷念他的一種方式。父親走後，她才明白，原來心是一切，只要用心，便可以畫出夢想。從來不喜歡訂時間表的她，從來對開畫展一事不經心的她，逐漸地改變了主意，「這一生一定要好好辦一次畫展。」

雲林吳家不但是台灣十大家族，斗六吳秀才宅也是台灣十大民宅，研究台灣歷史古蹟必知之地，那年遭到九二一大地震的襲擊，已有倒塌破損，前幾年，宵小更多次直接上門偷傢俬，這些都是吳氏兄妹的內心之痛，他們不喜客人來訪，也不便明說，因無力維修，內心深處為家宅逐日毀敗感到羞慚，「以前這裡漂亮多了，」其實要維護古蹟，也只有以公共之力才能完成。但因不相信政治，他們因而也了無心願，只保持了緘默。

吳淑真的哥哥吳光瑞是書法家，筆力挺俊，可以和于右任相提並論。他亦從來沒想過要去開展覽。他沉默寡言，也陪坐在圓桌前和許多晚輩聊天。吳淑真身上的衣帽色彩出奇柔和好看，使她看起來似乎就像她自己的畫中人物，充滿異國色彩，夢幻神奇，「菜市場買來，隨便搭配。」她只笑著說。

她說，她從來不想當貴婦人，「因為貴婦的生活沒意思，」她不但不是貴婦人，她根本便是個仙女，一個下凡的仙女，她來到人世間是為了父親畫畫，因此她一直是那個「為父親繪畫的女兒」，父親死後多年，她終於畫出她自己——那個叫吳淑真的人。

坐在大導演身邊

亞莉安・莫虛金 Ariane Mnouchkine

我年少在巴黎學戲劇，最仰慕陽光劇團（Theatre du Soleil）的作品，這也是為什麼我自己主動爭取到那裡實習，坐在陽光劇團的導演亞莉安・莫虛金（Ariane Mnouchkine，1939-，法國）身邊。

當時巴黎是戲劇表演的重鎮，而其中謝候（Chereau）、彼得・布魯克和莫虛金三人是我最看重的導演。那時的陽光劇團是演出莎士比亞劇作的年代，我去看《理查二世》時因感受到亞莉安經營劇場的氣魄，反覆將作品看了好多遍，最後說服亞莉安讓我留在陽光劇團裡實習。

所謂的實習，只不過就在劇場當義工，可以與演員一起參加排練，而對我最重要的是：可以每天坐在亞莉安身旁，看她導戲及對演員解說。當年也因此有幸見過亞莉安的女友愛蓮・西蘇（Hélène Cixous），何等重要的女權主義者和詩人，她一直那麼優雅，安靜地在排練室外等候亞莉安，亞莉安開她的二手福斯金龜車，接她一起去朋友家聚餐。

在不同人生階段，我關心的主題和藝術形式屢有變遷，在陽光劇團實習這件事也逐漸成為陳年往事了，但亞莉安的許多作品卻在我心裡留下強烈印象，包括《理查二世》及《浮生若夢》等，後者多年前也在台北國家劇院上演。

《浮生若夢》在台北演出時我也去觀賞了，這齣如史詩般的戲在滾動的舞台一幕一幕上演，據說是從幾百個即興演出的片段精選而出，每一篇都如詩也像散文，如電影情節串連在一起，全戲六小時，卻跌宕起伏，充滿戲劇感，一些時刻甚至使我淚流不止。

我也不知道，那年冬天，我為什麼非到陽光劇團實習不可。我想，與其說我是被她營造的劇場氣氛吸引，應該說是被她個人的劇場概念和決心吸引吧，她讓我知道劇場元素的多元性，明白場面調度的時間感和可能性，她也讓我知道，演員和導演其實都只是為了舞台上的幻真片刻而活。而那幻真片刻的神奇魔力也是吸引觀眾看下去的主因。

我坐在亞莉安身邊幾個月，正值她排《亨利四世》的時光。那時她就像現在那麼壯碩，可能有什麼脊椎問題，每天坐在一張跪式的椅子上，她常常一手抱在胸前，一手支著下巴看著演員排戲，一陣子後，她就會大叫「oui」或「voila」，整個人便往前傾，眼光似乎要燃燒起來。

說來好笑，在冗長的排戲過程中，常常，她大叫起來時便吵醒昏昏欲睡的我，但是我為了那些神奇時刻，居然也可以坐在那裡好幾個月。我從來不是那麼有耐心學習的人，我也不太清楚為什麼我非坐她身邊不可。幾次有機會披掛上陣，即興演出，得到亞莉安的指導，除此之外，我就只坐在她旁邊而已。她沒好脾氣，也對演員不假臉色，她對演員的指示常常只是一種譬喻，你必須聽得懂才行。她在排演時，任何演員都可以披上一些衣服道具上去試演，她看不下去就會換人，看順眼就繼續排下去，那時很多演員為了爭取角色，幾乎夜夜失眠。

不排演的時刻，我在劇場當油漆工，也在廚房幫忙。陽光劇團是一個社會主義思想濃厚的團體，那時演員都這麼說，彷彿是聖經：「手到那裡，眼睛就到那裡，眼光到那裡，心就到那裡，心到那裡，靈魂就在那裡。」這句話純粹來說是指表演這件事，但確確實實便是社會主義的勞動思想啊！現在想來，我並不是社會主義的服膺者，我只是努力想成為那個團體的一員而已，大部分的時候我跟廚房的西班牙媽媽學做點菜，我還為整個團體炒過中國餐。那時的我是這麼義無反顧，一點都不覺得浪費時間，還很慶幸自己有機會在那裡為劇場漆油漆！

亞莉安受到法國戲劇祖師阿爾多（Antonin Artaud）的劇場觀念影響，「戲劇是東方的」，從一開始亞莉安便不走西方常規劇場的形式，她接收了東方戲劇的美學，《理查二世》便是以歌舞伎的形式承載莎士比亞的劇作，也因為她在形式和內容的完美融入，使她創作出現代劇場最重要的作品，她已成為戲劇史上最重要的名字。

在這之前或之後，我從來沒做過類似的事情。在劇場也沒見過那樣有決心的人，女人。我想她影響我的不只是美學層次的東西，應該是她的靈魂，那些承載在她壯碩身體裡的思想。她是劇場巨人。

疼痛是關鍵字

芙烈達・卡蘿 Frida Kahlo

疼痛是她的關鍵字，是她的人生和繪畫的主題，也是我愛她的原因。那些年，我從她的人生和作品中看到自己。

她確確實實安慰了我，她的靈魂召喚了我。

我也曾經長期疼痛，身體的，心理的……

她天生小兒麻痺，而少女時代，她車禍受傷，脊椎骨斷了，卅次的手術，從此一生陷入肉體痛苦。多年後，她把自己受傷的身軀畫出來，她的畫令人觸目驚心。我曾經想過，這樣畫出痛苦，究竟是寫實還是魔幻？

沒有人那樣畫出疼痛，她畫出來了。她讓我思索，疼痛是抽象的，還是具體的？而且，繪畫有可能，而文字有可能書寫出那樣的苦痛嗎？我坐在書桌前掉淚，我的疼痛使我坐立難安，無法入眠，我在夢中夢見屋頂飛走，大樓坍塌，我食而無味，憂鬱纏身。而人們質疑，你是否無病呻吟？而且你無法書寫，無法書寫疼痛，因為疼痛無法書寫。我一直能力有限，因而無法書寫？以致於疼痛？如果身心是一體的，究竟是什麼讓我痛呢？是西藏人說的「細微身」（Subtle body）？還是佛洛伊德指稱的「潛意識」？

還有什麼比寫不出來或者寫得不好，讓一個寫作者更痛苦？芙烈達（Frida，1907-1954，墨西哥），我想，她在作畫中忘記苦痛，但她究竟如何在痛苦中維持那麼大的創作熱情？在她的作品裡，我看到的不再是痛苦，而是對繪畫的一往情深。

她因手術後不能行走，但堅持參加自己畫展，讓人連床都運到展覽場，這是她真實的人生，但沒畫下來。

除了她自己，她的身軀，沒有人可以承載她的痛。是啊，我的經驗是，就算殺了你，你也不會知道我有多痛。但醫生拿出表格，「告訴我，如果痛苦可以區分，從一到十，你會說你的疼痛是哪一個等級？」如果你覺得痛，你就會痛。也許同樣的痛，別人卻一點都不覺得，痛苦如何區分等級？

究竟還痛，但繼續寫。我對書寫痛苦如此不耐煩，我寧可書寫其他。但是，我仍然是神祕主義者？這一切都是宿命？所以疼痛是我的人生功課？芙烈達，如果妳在，如果現在妳在，妳會對我說什麼？

她說，她畫自己，因為她經常一個人，所以對自己非常熟悉。她一字眉，乃至鬍髭，她是全身中箭的小鹿，她在浴缸裡看見虛幻人生，她身軀已化為樹根，深入土地，她經常是一分為二，是二個人。

那時她還小，她給他看她的作品，她需要他的建議，他說，「妳有才華，你必須畫。」然後他到妳父母家拜訪，你們開始來往，後來成為夫妻。

什麼更痛？身體還是心靈？他有無數的外遇，或者因此她也是？和約瑟芬·貝克（Josephine Baker）？但最難忍受的應該是自己的妹妹，三人如何同處一室？芙烈達因此離婚，但不到一年又結婚。是離開他更難受？或者無法忍法的是那漫漫無止境的長夜？

其實她畫得比他好。雖然他是她的啟蒙老師，情人和丈夫。她認為他比她巨大許多，連在她的畫作裡，他也是個巨人。但我喜歡她的畫作更勝於他的。

她愛他。她愛他甚於自己？她曾經這麼認為，當時她人在巴黎展出作品，已經畫出了自己，沒有疑問，二百幅畫作，身兼女神與謬斯，墨西哥近代藝術史上的傳奇，她是芙烈達・卡蘿，她成為女性苦痛的代言人。

她是畫家，不是女畫家

喬治婭．歐姬芙 Georgia O'Keeffe

女性藝術家的情感生活究竟如何影響她們的創作？我一向對這樣的議題有興趣，對美國傳奇女畫家歐姬芙當然更不例外。

一九一六年，喬治婭．歐姬芙（1887-1986，美國）走入紐約一家叫 291 的藝廊，她專程由美國南部上來責怪這家藝廊的主持人，那人沒經過她的同意便逕自展出她的畫作，雖然，歐姬芙從此一炮而紅。

一百年來，她已成為美國現代繪畫之母，幾乎是現代主義的代名詞，也是廿世紀最重要的畫家，在百年後，今年七月，英國泰特博物館（Tate）將展出她的百年回顧展。

歐姬芙是美國繪畫史上最著名可能也最被人誤解的畫家，常常被扯入性別政治及女性主義的議題內，因以畫花聞名，乃至被冠以「傑出的女畫家」之名，但她在生前便提過，她跟女性主義少有關連，說她那些放大的花朵是陰部繪畫，描繪花蒂正是在描繪陰蒂，「都是誤會」。她還說，「我不想成為偉大的女畫家，我想成為的是偉大的畫家。」

毫無疑問，她是偉大的畫家。放大明顯的花朵，戲劇性表現的紐約都會剪影，發光的大自然，漂白的動物骨骸，集寫實和抽象於一體，在形式及線條上化繁為簡，找到了屬於廿世紀繪畫的新語言，她的色彩在深刻對話，而這些嘗試無人可及。

歐姬芙之所以被人誤解，乃至於爭議，其實皆因她的丈夫史帝格利茲（Alfred Stieglitz），就是 291 藝廊主持人。一九一六年，歐姬芙將一些作品寄給一位紐約友人，那人交給經營藝廊的史帝格利茲，史帝格利茲才看了一下便說，「這些炭筆畫是我畫廊開展以來見過最純粹誠懇及美好的作品。」歐姬芙來藝廊責備他那一天，他不可自拔地愛上了她。

二人開始大量通信，互動之深，就像歐姬芙所言，「那時，我將性和生活全混進色彩中。」

要了解歐姬芙的畫作，可說也要明白史氏。畫展展出二年後，她搬到紐約與他同居。再六年後，史氏為她離異，並和她結婚，他也成為她作品的經紀人。

歐姬芙一生和史帝格利茲這個名字脫離不了關係。史帝格利茲本人也算美國視覺藝術史上的重要人物，他不但是早期的攝影藝術先鋒，且對推動前衛藝術有功，他向歐姬芙引介歐陸藝術潮流，並鼓勵她留在大都會紐約，開拓了歐姬芙南方的眼界和視野，他能言善道，從此大力地捧評及推銷歐姬芙。

同時，史帝格利茲為陷入戀情的歐姬芙拍裸照，之後也在自己的攝影展展出，這次攝影展為他奠定了重要的藝術地位。但美國是再怎麼開放的社會，裸照在那個年代還是引起爭議，尤其是歐姬芙。

歐姬芙不但在藝術成就上擺脫不了丈夫的關係，連創作也受到影響，史氏為她的畫作定位，他自己雖是先進人物，但不喜歡歐姬芙在畫作上的大膽嘗試，他干涉歐姬芙的創作生活，譬如禁止她和別的藝術家來往，反對她畫紐約市景，甚至反對她大事畫花朵。

史氏聲稱最愛歐姬芙，但也愛無數的女人，是一位很難被人喜愛的大男人，我討厭這樣「藝術家性格」的男人，一生都在外遇，且外遇對象一個比一個年輕。歐姬芙渴望生育孩子，他要她墮胎。他背叛歐姬芙，傷她甚深；但她沒倒下去，獨自搬到新墨西哥，找回她自己，畫出了美國土地新風貌，她在新墨西哥時期，與大自然對話，幾乎像在冥思，也奠定下大師真正的風格。

但那是多少的寂寞時光，刻骨銘心的日子！曾經有評論界不客氣地指出，歐姬芙的繪畫太個人，缺乏當代美國社會的思想，但歐姬芙回應，「藝術就只是個人生命的奮鬥罷了。」正因為她離開男人還能勇敢屹立，她的作品因此更恢宏寬闊。

這不禁令人聯想：如果她留在他身邊，是否可能成為後來的歐姬芙？

但歐姬芙就像另一位著名的墨西哥畫家芙烈達．卡蘿，她們的丈夫都是藝術家，也算在藝術上對她們有所啟蒙，但她們都深信丈夫的才華勝過自己，也一次又一次地捲入丈夫的偷情和外遇，長時期生活在感情的煎熬。但她們錯了，其實她們更有才華，作品更偉大。

今夏泰特博物館在這項回顧展上，為歐姬芙和史帝格利茲的互動，特別設了陳列室，也因此，我們得以再看看二人的情感生活，以及，這一段情感生活對歐姬芙究竟起了什麼決定性的影響。

只有妳知道怎麼愛他

瑪麗亞・卡薩雷斯 María Casares

卡謬的情人。

那是一九四四年，她在排練諾貝爾文學家卡謬的劇作《誤會》（Le Malentendu），她演的是瑪莎，大家正在排練，劇作家卡謬來了，他靜靜地坐在一個角落看，他第一次發現，原來她這麼會演戲，還有，她如此動人美麗，他看了許久，就坐在觀眾席，幾乎就愛上了她。

她是瑪麗亞・卡薩雷斯（María Casares，1922-1996，西班牙）。

那時他已婚，育有子女，不只如此，他女友無數，他是卡謬。高大英俊迷人，連沙特女友西蒙・波娃都對他懷抱好感，她甚至明白暗示過卡謬，但卡謬不為所動，愛他的人太多，且他和沙特有瑜亮情結，不想招惹沙特。多年後，他得了諾貝爾文學獎，且是史上第二年輕的得主。他的得獎消息便是在與另一個外遇約會時獲悉。

卡薩雷斯和卡謬陷入熱戀，或許與他人不同，更熱的熱戀，二人都是天蠍座，她又是美女演員，過分的激情，這在他們後來出版的書信集可以讀出，他當時有婚在身，但種種手段，使她一時難以招架。大戰結束，他們也停止戀情，但不久又重來一次，分分合合，她和他的關係最長，長過他與其他女友，一直維持到他死前。他因車禍而死，公事包裡有四封情書，其中一封是給她的。

他就是唐璜，他寫了一本《唐璜》，雖然也寫了一本《薛西佛斯》。一本又一本，一個又一個，一次又一次，到底什麼是愛？到底是不是愛少一點，就可以愛多一點？他曾經質疑，但她沒有，她受了他的影響，終於明白誰愛多一點愛就輸，她也開始與眾多男人來往，這卻又讓他嫉妒成狂。但他自己的婚姻陷入僵局，二任妻子數度精神崩潰。

卡薩雷斯是上世紀法國最優秀的舞台劇演員，在廿世紀中期舞台劇的表現早都是經典，尤其是在亞維儂戲劇節演出的馬克白夫人，幾乎難再有人超越。

她演莎士比亞，演契訶夫，也演易卜生和馬利佛。甚至也演電影，最著名的當然是那部電影《天堂的小孩》。我的同學法利達．拉瓦迪是她的乾女兒，我曾因此去看她排戲，也到了劇院坐在最前排，我親眼看到，她演到一半，劇院恰巧停電，但她沒有任何驚動，仍然繼續在角色裡，沒有出戲，好厲害。那是八九年的巴黎小劇場，那場希臘悲劇使她得到莫里哀戲劇大獎。但那個獎已對她不重要。

她在 Britannicus 的演出，看過的人都被嚇壞了。那樣投入的語氣和身姿，拿起花瓶便砸，完全是暴力的發洩，但全在情緒控制之下，然後，她坐了下來，雙眼含淚，她哭了，真正地哭。有誰可以這麼入戲？那是以靈魂交換的表演，只有她做到了。

卡薩雷斯是西班牙資產階級的女兒，為了逃避西班牙內戰，她父母帶著全家來到巴黎。她想當演員，去報名法蘭西劇院時被拒，理由是她那西班牙口音的法文，但是主考者錯了，後來才知道她是大明星的料。要成為有特色的演員，可能需要的正是她的性格：熱情，強烈的意志，知道自己要什麼，更重要的是，知道別人要什麼；後者只有聰明人才明白。

卡薩雷斯與卡謬有十六年的戀情，也算是她人生最重要的大事，因為大文豪寫了非常多情書給她。她在得知他得諾貝爾文學獎時是什麼心情？在得知他在返回巴黎的國道上發生車禍被撞死後，又是什麼心情？她死前仍對和卡謬的感情關係諱莫如深，她一直不肯說或不敢說，因為卡謬的兒女如此恨惡她，因為他們的母親知道他們的父親深愛的人是誰，這些應該可以在卡謬的情書看出一二。

她已經看過太多個春天了

碧娜．鮑許 Pina Bausch

「我已經看過太多個春天了，」碧娜．鮑許（Pina Bausch，1940-2009，德國）說過這句話後，自己也忍俊不住地笑起來，然後，她露出頑皮的笑容，「但我還想再看更多的春天。」

說這話是死前三年，那天，她看來相當平靜，她一路娓娓道來，談她如何和舞者編舞，如何尋找舞句，她編舞和別人最大的不同，是她並非從頭至尾地編，而是由內向外地編，她說，每次都是萬分痛苦，每次編完一個舞都會向自己發願再也不要編了，但她卻一直編下去。

一直到她死前的五天，她還在工作，後來實在身體太痛了，只好去醫院。醫生為她驗血，發現是癌症末期，五天後她便死了。那是二〇〇九年，也是她最後一個春天。

為什麼五天才發現癌症？很多人都問。有人說，她本來便是不喜歡看病的人，而且她沒有時間看病，她一直只做她自己認為該做的事情，為了工作，她什麼都可忍耐，包括身體病痛。

我每次重看她的作品《穆勒咖啡館》裡的她，我都很感動。她那麼瘦，瘦得像塊洗衣板，在Henry Purcell歌劇聲中前行又後退，一直退到牆緣，彷彿活在夢幻之中，與任何人都沒關係，只剩下那靈魂的渴望，那愛的呼喊。她美得驚人。我從來覺得，她美得驚人。

那是八〇年代的巴黎，她每一年都帶團來巴黎市立劇場演出，她把文字動作吟唱和戲劇全融合為一體，無比的憂鬱和詩意，她質詢生命和舞蹈的意義，她關心的是人的信仰、愛與希望，所以才有那經典的說法：她不在乎人如何動，而在乎人為什麼動。

她的舞作便是以全然及純粹的美感一次又一次地喚醒我。

後來我認識她的舞者，他們都愛她，她們也都怕她，似乎她比舞者更了解舞者自身，她問的問題，舞者似乎都無法不以生命回答，她看進每一個人的靈魂，很多人甚至依賴著她的質詢去發現自己。

六〇年代，她從美國學舞回來，她先是跳過幾年舞，是當年歐洲最好的舞者之一，沒有人手臂伸得比她更長，也沒有人可以把咳嗽入舞，整支舞都在咳嗽，只有她。

在福克旺的年代，她掉入空白和空洞的舞台，於是她開始問自己許多存在的問題，開始寫作，而非跳舞。她以身體寫作，動作便是句子，她總有新穎神奇的句子，那些年，北德的觀眾不了解她，以為她在挑釁，很多人看不到一半便離席而去。

不久，烏帕塔舞團的作品永遠一票難求，但她始終記得那些開始的冷場和誤會。她很討厭接受訪問，總是一根接一根地吸菸，她抽的是Camel。

最後一個作品，仍然是男性與女性的戰爭，仍然是慾望及渴求，她永不放棄，真的，她說，她無法妥協也無法放棄，所以只好一次又一次地陷進去，愈陷愈深。幸好，有一個智利詩人男友，他們有一個孩子，他也為她煮飯。但她吃得實在太少了。

她走完那個春天後，一個時代就跟著謝幕了。

碧娜，你的名字叫舞蹈

碧娜・鮑許 Pina Bausch

她是憂鬱女王，夜之花朵。她是天才，是吟唱女神，是老鷹，也是蝴蝶。她是碧娜・鮑許（Pina Bausch，1940-2009，德國），絕代編舞家。

她的舞作對現代舞蹈影響重大深遠。內涵上，她提出人類質詢，回到殘酷的生命本質，如恐懼及渴望，她推翻了古典芭蕾的僵直冷漠，刪去那虛張聲勢的表現，回到真實的生活和現代人的感覺。她也是女性主義者，在她的舞作裡，女性竭盡身心，只為了忠實自己的慾望。碧娜經常默不出聲，即便獲獎也沒有多少言詞，但她舞作經常驚天動地，整部現代舞蹈史因她而改寫。

在形式上，她走反敘事或非敘事路線，collage和montage二種手法並置，正如真實與幻境亦可共生並行，而遊行於潛意識之流，時而憂傷，時而遊嬉，在她之前，沒有人穿高跟鞋和長禮服跳舞，在她之前，也沒有女舞者在台上吸菸或怒吼，在她之前，也沒有人把Purcell或Gluck或探戈音樂同時放進一齣舞作裡，她的舞者或轉或走或撞或滾或跳或跌或倒或掉或推或拉，因為生活正如此，而藝術因而也如此。

在她之前，也很少人以土以水以草以花以樹枝以樹葉以果實以沼澤做為舞台背景。她是第一個在舞台上種滿康乃馨的人，她早年和舞台設計師玻濟克共結連理，二人合作無間，玻濟克執行了所有她對舞台的可能和想望。而在舞台呈現，碧娜對現代舞蹈的巨大貢獻正如包浩斯對現代藝術的貢獻。

總體來說，她解放了舊式舞蹈思維，注入現代舞蹈新生命，她掀開舞蹈史的新頁——最重要的一頁，她為現代人編舞，編的也是現代人的舞。

她改變了現代劇場的創作方向，舞蹈不一定是舞蹈，戲劇也不一定非是戲劇不可，一切都可以入舞，一切都是舞。反之亦然。這是革命性的信念，而正因這信念改寫了現代劇場的發展，這是劇烈性的革命，而且這場革命仍然在悄悄地進行之中，在她死後仍不會停歇。

碧娜曾說，因為悲傷，所以她才跳舞。此刻，我也很想為她跳支舞，想告訴她：碧娜，你的名字叫舞蹈。

她在後院立了自己的墳墓

蘇菲・卡爾 Sophie Calle

我曾經是蘇菲・卡爾（Sophie Calle，1953-，法國）的室友，回想起來，我在巴黎的留學時代認識了許多位當代藝術大師，包括最具代表性的藝術家波東斯基；在巴黎排戲的鮑布・威爾森，後現代戲劇史上最重要的名字；我同學媽媽的鄰居是大作家莒哈絲；我坐在她身後實習的舞台劇女王亞莉安・莫盧金，她當時的女友女性主義先驅愛蓮・西蘇；我一位女同學的雇主亨利・布烈松，上世紀最偉大的攝影師要畫畫，聘她做模特兒，我們曾一起席地而坐喝紅酒；另一個女同學的教母是瑪麗亞・卡薩雷斯，是卡謬的女友，我和同學一起送東西到她公寓，去看她排練舞台劇。我第一年在巴黎時，也曾在哈斯派大道上遇見過貝克特。

其中蘇菲．卡爾是我的房東，也是非常具代表性的法國女性藝術家。

當時是戲劇學生的我，正在找房子，經由同學介紹，與蘇菲認識。我打電話給她，她說，何不立刻過來看看房子？那是在巴黎郊區馬拉柯夫（Malakoff）附近的新式建築，房子是鋼骨和玻璃建造，開放式的空間，樓層非常高，空間明亮，一樓像畫家工作室，二樓和三樓是住屋，樓房有好幾棟相互以花園連結，這整批樓房是四方形，中間一個共用的大庭院，房子是蘇菲父親鮑布．卡爾建蓋的，他本人也是著名藝術品收藏家，他當時單身，自己也住在其中的一棟，但我很少看到他，蘇菲因常常旅行，所以出租我一間房間。大部分的時間我一個人住在那個大房裡，牆壁上掛了許多她的攝影作品。

客廳有個壁爐，冬天很長，我多半買柴燃火，坐在那兒喝我煮的雞湯。但蘇菲有時會回家，她回家後，我多半便一個人在房間裡睡覺，我這一輩子從來沒睡那麼多覺，一睡便是大半天。

我和蘇菲在她家初見面時，她第一件事情便問我：要不要看看我的墳墓？

原來，她在房子的後院立了一個迷你墓園，墓碑上便是自己的名字。我笑了，以前古人不是也有先準備後事，買好棺木的做法嗎？她的行為一點都不讓我吃驚，我告訴她：這太好了。她看著我，立刻決定收我當室友了。

蘇菲如今更大名鼎鼎，但當時在巴黎已頗有名氣。我第一個注意的作品便是《通訊簿》（Le Carnet d'adresses），讓我非常驚艷，當年在巴黎解放報刊登過，引起法國藝文圈的重視，但也引來一場爭議。我們學戲劇的學生全都很注意她。

作品起源自一本她在路上撿到的通訊簿，她將這本他人遺失的本子複印下來，將原本寄還主人，但隨後卻一一打了電話詢問那些通訊本的人士，她想知道通訊簿主人的生活和喜好，因此也拍攝了與那人有關的一些細節，這便是作品。只是通訊簿主人後來對蘇菲介入他的私生活非常不悅，據蘇菲的說法，那人也找到她的裸照，並威脅解放報也要刊登。可能二人原本便認識。

蘇菲創作的形式以照片和文字為主，後來延伸策展的概念，早年的作品經常有爭議性，如她的《旅館》（L'Hôtel），去威尼斯一家旅館應徵清潔女工，未徵求同意，每天拍攝旅客在房間置留的行李物品；邀請不同的男人到她自己的床上睡覺（只是睡覺），每小時記錄他們的《睡眠狀態》（Les Dormeurs），此作延續及延伸安迪．沃荷作品（The Big Sleep）的普普藝術呈現概念，但蘇菲．卡爾進一步觀看和介入他人生活，藉由文字與攝影的描述揭露，再現與重塑自身與他人的私密經驗，此一強烈表現方式便是她個人創作最大特色，也逐漸成為新世紀藝術風格之一。

我與蘇菲住在一起，看到她的時候不多，我對她最深的印象便是她表達情緒的方式，高興的時候，她開車載我出去兜風，不高興時，她說她坐在威尼斯聖馬可廣場上看著走來走去的鴿子，想一刀將之殺死。她沒告訴我，但我揣測她當時正在愛一位西班牙鬥牛士。我是有一天看到她正在讀一本小說，把一張鬥牛士的照片當成書籤。

蘇菲並非學院出身，她開始創作是從父親在家裡的收藏品開始，她模仿那些藝術作品，主要透過攝影和文字。另外，她母親生活中的儀式觀念也影響了她，她們生活裡經常舉辦儀式，可以為一隻死去的金魚舉行葬禮。

蘇菲有一個作品我也非常喜歡，《請照顧好您自己》（Prenez soin de vous）。作品藉由前男友一封道分手的信函，信末最後一句：請照顧好您自己，蘇菲找了一百零七位不同領域的女性，請她們解析、加註、遊玩、舞蹈或歌頌這封信，這個大型裝置藝術便是呈現這些女性的回應。

九〇年代，離開她家後，我們再也沒聯絡，我搬到慕尼黑去住了，我和她畢竟只是室友，不是好友。但我喜歡她的作品是不變的，做為室友，她過於神經質（可能我也是），但做為藝術家，她的女性主義或那無政府主義傾向，一直很吸引我。

那二年，我也因此認識了幾位藝術家鄰居，譬如法國另一位重要的當代裝置藝術家波東斯基（Christian Boltanski）和他的藝術家妻子亞內特（Annetle Messager），波東斯基幾次出國展覽，我曾幫他和妻子看管一屋子貓。當時不覺得，最近波東斯基過世，我才突然深覺得榮幸，他畢竟信任我，把整棟房子的鑰匙交給我。

回憶起來，我的學生時代很幸運見過那麼多大師，得以見識藝術家的生活和創作高度，也滿幸運的。

蘿莉，你在家嗎？

蘿莉・安德森 Laurie Anderson

當代藝術史上不乏大有才華的女性藝術家，但這一位有點怪異和另類，她是在編舞家碧娜・鮑許之外，我非常欣賞的女性創作者。她是蘿莉・安德森（Laurie Anderson，1947-，美國）。

回想起來，蘿莉對我年少創作之路也有所啟蒙。她是前衛電子音樂的開拓者，是八〇年代以來最重要的女性藝術創作者之一，也是現代表演藝術界的先鋒。

她的才華驚人，是多面向的，舉凡想得到的表演形式，她都可以自由發揮，不但作詞、編曲、唱歌、朗誦、舞蹈、攝影等等，不一而足。她會彈奏十多項樂器，且還自己發明樂器，早在八〇年代，她便將演唱和裝置藝術和錄影藝術等多媒體置入她的表演藝術之中。她的劇場實驗性少人可及。

她對現代表演藝術界的影響深遠，不但藝術層次上，而且改變了隨後的流行音樂內容和表演形式。我覺得後人如麥可．傑克森、瑪丹娜或 Lady Gaga 等人的音樂會的呈現方式都受到她極大的啟發。

她對我的影響也在於她的表演藝術中的政治表達。我從她看到女性藝術家如何自由陳述女性主義和反霸權的思維，蘿莉也對科技展和未來做了預言，不但是文本而且同時是音樂美學的創新，她讓我體驗現代性和美感。

她之所以獨特先進，很可能是因為她的背景。大學學的是藝術史，之後，又在哥倫比亞修完雕塑碩士課程。她也是地下漫畫和童書插畫的作者。我最欣賞她的部分，便是她可以不停地跨越藝術領域，一直在實驗與嘗試。

那也是我開始劇場創作的年代，她和同時代的藝術家如羅伯．威爾森（Robert Wilson）或者菲利普．葛拉斯（Philip Glass）等人，都是引領風騷的大師級人物。那是極簡主義，也是後現代主義的年代，我沉浸在他們的世界中很多年。

不久，我轉向文學及新聞寫作，生活有了不同的重心。多年後，我又開始注意起蘿莉·安德森，竟然是因為她的丈夫路·瑞德（Lou Reed）。

路·瑞德是地下絲絨（The Velvet Undergound）樂團的主唱，捷克前總統哈維爾（Vaclav Havel）在一九六八年便是他的粉絲，當年也是他將那張唱片帶回捷克，引燃東歐社會對西方流行音樂的嚮往，乃至布拉格革命，共產政權被推翻。哈維爾上任總統後，二〇一三年邀請路·瑞德到布拉格擔任國賓，我才知道，原來陪伴路·瑞德到布拉格的人竟然是蘿莉·安德森，他們從一九九二年起便是一對戀侶。

二個樂壇傳奇人物譜成另一則傳奇。路·瑞德有一首〈Walk on the wild side〉可說是我年輕時最愛的一首歌，這二個人會走在一起，真是美事。只是我後來看他們一起表演的音樂會，可能是為了要讓丈夫的吉他演奏專美於前，蘿莉自己的風格遞減了不少。

不但蘿莉愛路·瑞德，路·瑞德也真愛蘿莉·安德森，三年前他因肝癌過世時，便死於安德森懷裡。她和他都喜歡打太極拳，讀老子《道德經》。他們無所不談，是靈魂知己，蘿莉說，這世上只有一個人那麼了解她。他死後，她為他辦了音樂追悼會，她為他好好活著。她一直都那個龐克髮型，到現在都沒變。

其實她不必改變。八一年一首〈超人〉（O Superman）雖是實驗前衛音樂，卻占了流行音樂的排行榜，歌詞諷刺雷根時代的政治專制，尤其是美國的軍事霸權，整首歌一個哈（ha）結構組成，而以錄音機的留言做為內容敘述，同時也在表達現代人溝通的困難。如今以這首歌諷刺川普仍然非常合宜。

最近這一年來，蘿莉在紐約為她的狗創作並演出「狗的音樂會」，也拍了狗的電影（Heart of a dog），電影雖在追念她的愛狗，但也是她的回憶錄，更是她個人對九一一事件的生命體驗。她也在許多場合說過，她同情美國藍領和低下階層訴求，也非常擔心川普現象。

蘿莉已經七十多歲了，我覺得她仍然創作力旺盛。她說過，如今大型音樂會和百老匯歌舞劇一場又一場，但現代音樂會的藝術性低得可憐。我覺得，她不該再為愛狗搞音樂會了，而是再來一次「勇者之家」（Home of the Brave）和「超人二」，我一定到場支持。

文學

LITERATURE

我看三毛

三毛 Echo

現代華文文學世界有二位傳奇的女作家，一是張愛玲，二是三毛（1943-1991，台灣）。我關注這二位，或許對後者多一點，倒不是因為文學，而是她筆下的寬闊視野及所帶來的文化現象。

這二位作家的生活截然不一樣，文學觀和文字感也完全不同。甚至，二人的死法也迥然有異，一位寂然死於公寓，沒人知悉；一位則以絲襪自殺，在醫院浴室。

我在三毛過世前，在國家劇院的一個場合見過一面，風光如她，卻一個人拿著酒杯站在角落，神情非常黯淡，頗為憔悴。我心裡真是詫異，因此也沒上前和她說話。幾週後，她便自盡了。後來，我想她應該是憂鬱症，很可惜，那個年代抗憂藥的使用還未普遍。

三毛自己也對張愛玲很感興趣，她在逝世前便以張愛玲和胡蘭成的戀情寫了一個電影劇本《滾滾紅塵》。該電影得了許多金馬獎，而她的劇本卻沒被看重。這件事對她心情不無打擊。外加，她是需要愛情的人，荷西之後，她的情史雖未間斷，卻不順利，多半無疾而終。

三毛寫她在撒哈拉的生活所見，一書成名，轟動文壇，其暢銷程度可以比擬美國作家沙林傑（J.D. Salinger）、德國作家赫塞（Hermann Hesse）或者法國作家莎岡（Francoise Sagan）。這些書鼎鼎大名，內容都是青少年叛逆的心路歷程。而三毛寫的卻是她在西屬撒哈拉所聞所見，作品並不算小說，而是女性遊記散文。在一九八〇年代尚未解嚴的台灣，她為封閉和威權的台灣帶來了一個世界的窗口，爾後，風靡了中國大陸，乃至被票選為新中國最有影響力的人物之一。

三毛吸引我的是她那開闊的視野和人道關懷。早在一九七〇年代，她就是少見的探險旅遊家，她融入撒哈拉沙漠居民的生活，並參與西屬撒哈拉解放革命，不可不謂先鋒。在其文中不難看到她對弱勢族群的關懷，彼時便是世界公民。能那樣生動及深入地書寫北非，我覺得她超越了丹麥女作家凱倫・白烈森（Karen Blixen）的《遠離非洲》，難得的是三毛以當地居民的觀點書寫，有別於白烈森觀看第三世界的白人觀點。

一位可以和三毛相提並論的作家是保羅・鮑爾斯（Paul Bowles），鮑爾斯是作曲家，曾為《大國民》名導演威爾斯編曲，生於一九二〇年代，在北非摩洛哥住了五十二年，寫了許多以當地生活為背景的小說，後被封名為放逐文學，他也成為美國文學史上一個重要的名字。

三毛之後，我很喜歡布魯斯・查特文（Bruce Chatwin）的作品，查特文的《歌之版圖》（*The Songlines*）使他成為旅行書的佼佼者，他在書中生動描繪了澳洲原住民的原始文化，也引發後來捍衛原住民土地權的熱潮。我也讀當今美國女作家吉伯特（Elizabeth Gilbert），像《享受吧！一個人的旅行》，文筆雖和三毛一樣幽默風趣，但內容卻有太多尋愛及自戀的傾向，作者其實不怎麼關心她書寫的環境和人物。

三毛是華文界最具影響力的旅行作家，雖然她後來不主要寫遊記。而旅行作家對我並沒有任何貶義，不是每一個人都可以像普魯斯特那樣去回憶他的逝水年華，如果沒有精采的想像力和文筆，與其寫斗室生活，我寧可讀旅行文學，像三毛。

遊記其實也不好寫，很多遊記太瑣碎，缺乏人文內涵，這是為什麼三毛的作品成為華文文學的標誌，並少有人可及。

我喜歡三毛的《撒哈拉的故事》及《哭泣的駱駝》，尤其是《哭泣的駱駝》，故事背景便是她所處一九七六年西屬撒哈拉，她描述沙漠居民的愛恨情仇和奇異瑰麗沙漠景象，寫出一個當地沙哈拉威女子陷入戰爭的絕望與掙扎，故事淒美而帶有大歷史之感。很多年前，我便曾動念想把這個故事寫成一個電影腳本。這是我關注三毛的個人因素。

去年，我上路去尋覓三毛，尤其是她當年居住的阿雍小鎮。我從卡薩布蘭加沿路驅車南下，經過沙漠，當我走入阿雍城當年的金河大道四十四號，看到當年三毛故居時，四十年前的故事彷彿歷歷在目，心裡真是激動有加。

是她，讓我很年輕時便覺得旅行是那麼理所當然的事，她不是啟發我的人，但她真的走在前面。毫無疑問，能獨自踏上旅途的女性都是女權主義者。

毫無疑問，三毛真是傳奇作家。

三毛的虛構

三毛 Echo

有人問我：真的有荷西這個人嗎？或者他只是三毛（1943-1991，台灣）虛構的人物？

如果荷西（José María Quero Y Ruíz）這個人是三毛虛構的，那三毛成功了，他是一個迷人的人物。這麼多年來，愛烏及屋，荷西也有許多粉絲和朝聖者，網路上有許多三毛的書迷到拉帕爾馬島（La Palma）尋訪荷西之墓的故事，我看了那些照片，不禁感到驚訝，墳墓過於簡陋，幾乎像不存在，怎麼可能？會不會讀者也開始虛構荷西了？二度虛構。

去年，我去了一趟撒哈拉沙漠，為了撰寫我的新作《撒哈拉之心》，我開始大量閱讀三毛的著作和生平，並走訪三毛在沙漠的故居。荷西比三毛年輕八歲，天秤座，熱愛運動和潛水；怎麼看，我都不認為荷西是三毛虛構出來的人。至於，他們的愛情是否真的那麼淒美？荷西曾有過好些個外遇，經常幾天消失不回家，他究竟對自己和三毛的愛情和婚姻有什麼想法？

三毛是當代華語暢銷作家之一，她的成就在於開創了流行文化，除了寫書，她還收藏文物、珠寶設計、歌詞填寫、做慈善事業，乃至撰寫電影劇本等等，她在當年便知道「破舊的別致」（Shabby chic），她把不同文化的元素和符號融合在自己身上，創造出風靡一時的三毛風格，至今，仍有不同人模仿她那跨文化的異國混搭風格（Fusion）。而且說她是自助旅行之母也不為過。

三毛是一個文化偶像人物（Cultural Icon）。三毛的文學也是一種混搭的概念，她將小說寫成散文，散文又寫成小說，虛虛實實，都是在寫自己，她一生也是在創造自己的虛構。她不僅在文學上虛構了自己，更在人生中虛構了自己。荷西成為她的故事，真假已不重要，三毛的讀者閱讀三毛，被震撼了二次，先是荷西之死，再來是三毛自殺，第二次，她結束了一切虛構，她真的走了。

我曾在三毛的書裡讀到二篇署名西沙所寫的三毛側記，很是驚艷。這位西沙先生是三毛的粉絲，住在英國，特地飛到大加納利群島探訪三毛，西沙文筆清新，帶著文青品味，懂得欣賞三毛，他從不請自來的闖入觀點，描繪了高貴、獨特、有著作家幽默和略帶失夫哀愁的三毛，此人對三毛充滿關愛和憧憬之情，但也不時感到自卑，且始終得不到三毛的歡心。我一直很想知道西沙是何人。

西沙確實有其人，出版不少作品，人稱「男三毛」，因為文筆相像？屏東旅遊文學館登錄了西沙，曾出版多本著作，本名洪達霖，曾寫過《錯愛》這樣的同志小說，而且出生於一九六四年，與三毛相差廿一歲，是他嗎？應該不是。去年我請教三毛的摯友辛意雲老師，他便直言，「那二篇文章應該是三毛自己寫的吧。」

這便是三毛的書寫策略：把人生寫成小說。三毛相信自己的故事，也因此，虛構成為活下去的力量，三毛必須活在自己的故事裡，必須活得更像精采的故事。但愈來愈不健康的身體，崩壞的愛情，宿命論的她愈來愈無以為繼，故事的情節開始往悲劇傾斜，荷西走後，沒有更好的結局了。

三毛像薄命的女伶，二個愛她的男人都在相愛時魂命歸天；荷西之前，她曾與一位德國教師訂婚，她為了他去德國及學德文，但天難以成人願，他死於她的懷裡。荷西之後，傳出一些戀情，是她太衝動投入真情？還是那些男人只是要名要錢？根本不值得她愛。

三毛在很早的年代便是女性主義者，她一直在做自己；但她其實是一個相當社會化的人，與人的互動甚深；原先她喜歡這樣，但為盛名所累，後來她又痛恨那樣，在人面前做三毛。

三毛曾說，她「只能寫真的東西」，她的意思是，她為文是為了記下自己最真的情感。那不表示，她寫的都是真的事情；毋寧說，她在書寫自己想像的人生，她也活在自己書寫的故事中。

多年後我才逐漸明白，書寫者是透過自己的人生經驗書寫別人的人生，在「寫自己」和「寫別人」之中覺知一種書寫距離，不必靠得太近，也不能離得太遠。

我一直在摸索著這個微妙的寫作等距，或許這便是寫作的樂趣所在；這次我試著寫出三毛的傳奇，我也寫了一部分的自己，在我的作品《撒哈拉之心》。

女友們，寫吧，繼續寫！

向所有的女作家致敬

作家不必區分男女，好作品自己會說話，放眼四海皆準。若真要區分性別，坦白說，就算名望相當，女作家還是比男作家出色，為什麼？因為大部分成功的男性作家，背後總有一位女性在支持，而反之，女性作家不但較少得到丈夫或伴侶的實質協助，有時連精神支持都頗匱乏。所以她們必須真的非常出色。

許多男性作家的妻子願意為丈夫打字謄稿、編輯、祕書和對外公關。托爾斯泰的《戰爭與和平》，一本一千一百四十四頁的大部頭著作，因修繕幅度的複雜，他的妻子索菲亞便以打字機打字了七次。湯瑪斯曼的妻子卡提亞也一樣，除了生育一個又一個兒女，經營著諾貝爾文學獎得主丈夫的寫作事業，還得當廚師兼經紀人，有時就扮作家的大黑臉，難怪在過世後，還有人責怪她不該介入作家的決定，當年大文豪寫作或讀書時，誰也不准打擾，連吃個中飯，卡提亞都必須像旅館的 room service 一樣靜悄悄地送到書房門口小桌，作家開門取用，門又關了。

一代劇作家布萊希特使用女友的創意，一九五〇年代全球最暢銷的大作家褚威格（Stefan Zweig）讓年輕的妻子打字和對外聯繫，乃至於一起自殺。一些男性作家把身邊伴侶當成謬思，甚至直接使用她們的想法或文句，上世紀被認為美國最偉大的作家之一的費茲傑羅就是這樣對待他的妻子賽妲兒。有太多說不完的例子。

以前如此，如今依然。許多現代男作家的成功正因為身邊的女人，她們在照顧家庭之外，經常宴客搞沙龍、充當打字員和校對，甚至一起思考書名內容和行銷手段。而女性作家除了莒哈絲（Marguerite Duras）與她的同性戀伴侶顏・安德列亞外，鮮少有類似的例子。

都已廿一世紀了，但不少女性寫作者還處於《自己的房間》（*A Room of One's Own*）的掙扎，這是在上世紀由英國女作家維吉尼亞・吳爾芙（Virginia Woolf）提出的說法，即女性要寫作除了要擁有足夠的金錢外，還需要擁有一個自己的房間；男性擁有寫作空間似乎理所當然，許多居住在大都會的已婚的女作者並沒有屬於自己的書房，默默把房間讓給一家之主的男人或兒女，自己使用臥室或餐桌一角寫作的女性不乏其人。不但如此，養育兒女和管家的責任仍落在女性寫作者的身上。

女作家不但辛苦，也比男作家更難以出人頭地，因為東西方的文學史觀和評論觀點仍由男性主導，許多文學大獎評審還是男性居多，英語方面包括〈倫敦評論〉、〈泰晤士文學副刊〉和〈紐約書評〉等，百分之七十以上的書評撰述都是男性，法國和德國文學界的副刊也差不多，也因此，男性作家得獎或得到肯定的比例從來高於女性，諾貝爾文學獎從一九〇一年頒發以來，也不過頒給十四位女作家，比例懸殊。

以台灣而言，出版市場小之又小，兩性在文學地位上不平等也是時有之事，不是歧視，但最後關係著品味的不同。必須說，男性和女性的寫作風格和手法差別甚大，男女評審口味當然有別，如果落實性別平等，應該會有更多女性作家受到更多重視，獲得更多的肯定才對。

最近，BBC全球票選百大英語小說，排名前十部的小說裡，女性作家的作品占了五部，包括了吳爾芙、布朗蒂及瑪麗・雪萊等人的作品，為何如此？正因為此次票選的對象是廣大讀者為對象，並沒有以西方男性為主導的評審。

在人類政治社會愈見紛擾的此刻，女性的同理心和對情感的細微分辨，將更容易發揮在寫作上，而女性在追求自我成長和對靈性追求的題材上似乎又更擅長，未來也可望會出現更多的女性作家作品。

正像吳爾芙在那本充滿洞見和智慧的《自己的房間》所說，一向，女性作家不是不會寫，寫作也並非不如男性，而是社會沒有給予足夠的空間。我以此文鼓勵自己和更多的女性朋友爭取。

寫作，寫吧，繼續寫。

我欣賞的女作家

卡森・麥卡勒斯 Carson McCullers

她沒得過諾貝爾文學獎，很可能很多人也沒讀過她的小說，但我很欣賞她的作品，從她的小說裡讀到詩味和高貴的情操。「梅維爾之後，沒有人再有這種文筆了。」這句話是劇作家田納西威廉說的，他說的人正是麥卡勒斯（1917-1967，美國），也是他最好的朋友。

但我認為，不只美國，她是世界文壇上數一數二的作家，她的成就超過美國男性同儕海明威和費茲傑羅。英國小說家格雷安・葛林（Graham Greene）推崇她的地位與福克納和勞倫斯一樣崇高。廿三歲那年出版的《心是孤獨的獵手》便是傑作，我讀了二遍，這本反法西斯的鉅著，描繪美國南方下層階級生活的困境和命運，以及邊緣人物的孤獨，我特別喜歡那白描生動的寫法，和那充滿韻律感的文句。我很愛她這本處女作。

她是幸運的，天生有那樣的文筆，第一本書便成名。但她也很不幸的，罹患小兒麻痺症，終生不健康，後來半身不遂。沒有人明白她和里夫分分合合的戀情和婚姻，廿歲那年認識他，他是軍人，剛好駐紮在她的鎮上，他愛她的文采，乃至於嫉妒，他看著她寫，仔細讀她的書，她問他：我這一本《心是孤獨的獵手》寫得好或是不好？他回答：寫得不是好，是太好了。但他自己一個字也沒寫，除了給她的情書。

她們離婚又結婚，移居法國那一年，里夫的憂鬱症犯了，要求她一起自殺，她沒答應，一個人返回美國，他在法國一家旅館房間結束自己的生命。但她也活不了多久，五十歲，對一位天才作家而言實在太短了，不過也未免太傳奇。她的生命和小說人物的悲劇幾乎一樣，寫的那幾本小說也不過都是淡淡的哀愁，人物彷彿都安靜地活著，倘若真的有什麼不幸發生，也會試著催眠自己早一點去睡覺。

然後小說人物，用一塊折得整整齊齊的手帕擦著額頭說，「當一個人知道，但卻又不能讓別人理解，他怎麼辦？」他怎麼辦？很遠的地方傳來柔和清脆的教堂鐘聲，銀白色的月光照在隔壁房子的屋頂上，天空是夏天的藍色……麥卡勒斯，我真的這樣讀她的文句，這樣一句一句地讀下去，我羨慕她行文的語氣，語調乃至於語法。

其實，她從小立志當鋼琴演奏家，十七歲那年，她的家人變賣鑽石戒指，為了讓她前往紐約去讀茱莉亞音樂學院，那時他們不知道，在讀過杜斯妥也夫斯基和托爾斯泰等人的作品後，她已經想改行當作家，反正，她人才到了紐約，就在地鐵裡掉了錢包，所以，茱莉亞音學院也沒念了，她去了哥倫比亞大學註冊，在布魯克林結交文友和寫作。

她到底是怎麼寫的？我知道她是完美主義者，一本小說可以修改數年，且一身都是病，不但是藥罐子，四十歲後的日子幾乎都在輪椅上度過，是什麼支撐她寫下去？我在書中找到這下面的句子：夜晚是美妙的，她根本沒時間自己嚇唬自己。一旦黑暗降臨，她滿腦子便是音樂。她散步時，就給自己唱歌。她感覺整個小鎮都在傾聽……

麥卡勒斯，我想問她，「這便是你嗎？你是這樣寫下去的嗎？」

寫作如同編造謊言

伊莎貝・阿言德 Isabel Allende

一九七三年智利發生政變，以皮諾契為首的軍隊勢力推翻了民主派的阿言德政權，因堅持不去國逃亡，民選總統薩爾瓦多・阿言德隨即遭殺害，那年，伊莎貝・阿言德（Isabel Allende，1942-，智利）卅一歲，在智利首都聖地牙哥擔任記者，她不但從此失業並且還有生命危險，因為她是阿言德總統的姪女。

伊莎貝・阿言德在一年多後移居委內瑞拉，繼續從事新聞工作，一九八二年一月八日當天她那也是總統的祖父阿言德過世，她收到祖父的一封信，那封信後來帶給她一本轟動一時的暢銷書。她是在讀完信後開始把心中的千頭萬緒寫下來，當作給祖父的回信，而該信沒完沒了，變成了一本小說《精靈之屋》（*The House of the Spirits*），甚至改編成電影由好萊塢影星梅莉·史翠普演出。從此一月八日便成為阿言德的幸運日，她的任何一本書必得在那天開始動筆不可。在多年後，伊莎貝·阿言德談到當年政變時仍然激動地說：叔父薩爾瓦多·阿言德的被害，使她的生命從此一分為二。他的死改變了她的一生。她說，薩爾瓦多被害宿命難逃，但是皮諾契的被捕也是天意，因為兇手總是必須面對繩法，皮諾契不只改變她的人生，也改變全智利半數人口的人生。

在《精靈之屋》之後，阿言德陸續完成《愛與陰影》、《伊娃·露娜的故事》、《無限計畫》等書，其中以《寶拉》最受到推崇，該書為了紀念她女兒逝世而寫，稱為「嘔心瀝血」也不為過。在寫作過程中她多次伏案大哭，旁人勸她不如不寫，但她堅持完成，她說「這是治療」，而且，「唯有文字才能讓女兒永遠存在」，該書也是她本人的回憶錄。

提到寫作，阿言德認為早年的記者生涯對她的創作有正面的影響，如與人訪談及對線索的調查等，她說她「經常剪報蒐集資料」，有時一小篇社會報導她便可以寫成一部小說。還有一個另外原因：她喜歡寫信。譬如到今天，她仍然每天寫一封信給自己的母親。

在決定開始寫作後，她幾乎足不出戶，除了睡眠，她都關在房間裡寫，不接電話也不與人談話，因為靈感一旦出現，儘管她還不確定要寫什麼，但是心中彷彿有人在敘述故事給她，她所能做的便是記下來，所以她說她「只是樂器」，精靈會帶領她彈出音樂。有時，她甚至不能置信，因為「如同編造謊言般」的寫作讓她開始進入自己，認識外界。

在《精靈之屋》出版後，文學評論界冠稱她為拉丁美洲繼馬奎斯後的「魔幻寫實家」，但是她隨即推出不同風格的《愛與陰影》，她說，每一個作品都有自己所屬的風格，她不應該也不願意以同一種形式寫作。《愛與陰影》被一些批評者認為政治性的表現過於強烈，但卻是阿言德自己最喜愛的作品。無論如何，該書是她與現任美籍丈夫威廉．高敦結婚的媒介，她的丈夫也是她的忠實讀者，讀完《愛與陰影》，他已深深愛上了作者。

在寫完《寶拉》後，一九九七年，阿言德走出悲悼愛女的陰影，寫完《春膳》（*Aphrodite*），該書集結阿言德談論食性色慾的散文及小說，她是不折不扣的女性主義者，而她丈夫高敦是最好的情人。幾乎大部分人生都在遷移的阿言德與夫婿目前定居美國加州。

安妮的樹

安妮．法蘭克 Anne Frank

這棵樹因為文學而不朽，這棵樹因被一位小女孩愛過，並記載在她的日記裡，從此活在人們的心中。這棵樹即使又病又老，人們仍希望它活下去。

荷蘭法院多年前做了判決，將不得砍除一棵被一位猶太裔女孩愛過的栗樹，即使這棵樹的主人擔心，因廿七噸重、約一百五十至一百七十歲的栗樹已不健康，萬一不幸自行倒下，傷了人或房屋，他得出面負責。

愛過這棵樹的猶太裔女孩是安妮．法蘭克（1929-1945，德國）。二次大戰時，她與其父母親戚在這棵栗樹所屬的庭院住了二年，他們改裝了工廠二樓，匿居了二年後，被人出賣告發，一家人全被送往集中營，安妮．法蘭克在大戰結束前因傷寒死於集中營。

如今安妮住過的這個工廠改裝的公寓已成為博物館。這棵樹也被砍掉了。那二年，十三歲的安妮在這裡做文學夢，她勤寫日記，在她死後，她的日記被公開，一度暢銷，被稱為「除了聖經外最被廣泛閱讀的作品」。

一九四四年二月廿三日，安妮在日記上這麼寫：我們望著窗外的藍天和那棵栗樹，光禿的樹枝上還滴著水滴，河鷗和其他的鳥兒俯衝飛過時，樹看起來幾乎像銀色。我們都被這幅景象感動得說不出話來。

可以想像，那些躲藏在閣樓的日子裡，栗樹和鳥是當時唯一可以見到的庭院景物。

安妮．法蘭克在一九四二至四四年住在這個阿姆斯特丹的庭院內，一九四四年八月，有人出賣他們，德軍將全家人皆送往集中營，除了安妮的父親，全家人都死於集中營，安妮和姊姊也死於德北的巴贊山集中營。她們死後沒多久，德軍投降，大戰便結束了。

當年的屋主把安妮的日記交回給安妮的父親奧多．法蘭克，奧多．法蘭克在一九四七年出版了女兒的日記。

這本書遂成為聖經之外最暢銷的書。

寫得好，寫得令我想吐

艾芙烈・葉利尼克 Elfriede Jelinek

自從我認識葉利尼克（Elfriede Jelinek，1946-，奧地利），至少在知道這個名字後，我一直很關注此人，對她的興趣遠遠超過許多人，對她的談吐、穿著，她聽的音樂、喝的蔬菜湯，她以前常來往於維也納和慕尼黑何地，她丈夫是法斯賓德（R. W. Fassbinder）的好友，為法斯賓德電影作了什麼曲，她和德國戲劇天才史里夫（Einar Schleef）如何合作戲劇作品，我注意她頸上的黃金項鍊，她讀的雜誌和報紙，我注意所有我所能知道關於她的每一件事。

好像，我想從她身上知道所有的寫作祕密。當然，我不能，因為她離群索居，也很少接受訪問。每每我愈了解她，便愈覺得自己和她太不相同了，她的存在方式著實讓我重新思索自己的寫作生活。

我讀葉利尼克的任何東西，不管是劇本或小說，甚至散文，從來都是勉強讀下去的，用德文讀，像讀湯·瑪斯曼那麼神聖，也那麼痛苦，可能更痛苦，不但附綴句繁複，她的文本情緒更為纖細敏銳，更為貼切我的女性思維，我好像完全明白她何以這樣和自己對話，但就算我都明白了，每個句子都明白了，卻還是會問自己是否真的明白，這也非常葉利尼克。只能說，因為她是葉利尼克，所以一切成立，字字珠璣，那些句子真的是一串又一串的珍珠，句子很美，思想也很美，一直讀下去，就太多了，美得令我想吐。

認真讀了一些後，就知道葉利尼克給我什麼教訓了，她喜歡挑釁社會禁忌，她以美及和諧去刻劃所有人性裡的虛偽和醜陋。她是一個被母親溺愛的孩子，終身想逃避體制的綑綁。她一再要告誡我的便是：這世上沒有任何絕對的美與和諧。

葉利尼克文本的旋律性使我也注意她和音樂的關係，看她彈琴，她的身影和手指都很瘦長，剛開始是六歲的管風琴，再來是鋼琴和小提琴，十四歲進維也納音樂學院，十八歲便畢業了，是不是因太早入學，或者因為她只是執行著母親的意願，導致同一年憂鬱症爆發，精神崩潰。她改為在家寫作，她說，寫作救了她。可能是這樣的音樂背景，使她的語言具有德文作家少有的節奏和韻律。她經常跨界，寫了廿五個戲劇劇本，除了小說，也寫詩和廣播劇，甚至翻譯過王爾德等作家。

我也曾注意，葉利尼克書房裡都是絨毛玩具，好多，在柏林買的玩具熊吧，或者猴子或兔子，她說，因不曾生育，那些都是孩子的代替品。她坐在他們前面打字，打字速度非常快，身子坐得筆直，打字的樣子和她彈琴的樣子幾乎沒有不同，房間裡有那張著名的透明吊椅。她一直大膽而前衛，喜歡時尚，喜歡川久保玲的衣服，她常常那麼穿，也買了柯比意女友的家具，不是柯比意（Le Corbusier），而是愛玲．葛雷（Eileen Gray），常常躺在葛雷的椅子上閱讀，她從前定期為女性主義雜誌寫稿，現在還在讀德國艾瑪（Emma）雜誌，即便她的作品已是女性主義者的必讀。她在一九七四年後加入共產黨，出版的小說被一些衛道人士指為淫誨敗德，並斥為色情小說，指責她的幾乎都是女性讀者。她自己卻不在意，她覺得自己寫得更像犯罪小說。

痛苦也是某一種的快樂。這句話便是出自她的文筆，《鋼琴教師》（*Die Klavierspielerin*）那本小說算她的半自傳吧，她和母親的關係影響了她的人生，她說，寫完這本小說無疑便像埋葬了母親。她認為，她的童年像地獄，來自捷克猶太資產家庭，父母都非常聰明有才，父親死於精神病，母親有控制狂，她一直照顧母親到她九十幾歲，原本以為母親過世後，她便可以真正解放，結果卻是相反。她愈來愈極端，並且患了社交恐懼症。後來，她又覺得自己和社會保持距離是對的，諾貝爾文學獎頒獎典禮她也沒出席，是因為怕坐飛機，她到今天還沒去過紐約，雖然她非常想看摩天大樓，她還謙虛地表示，諾貝爾獎之所以頒給她，可能是因為她是女性，該獎更應頒給奧地利作家漢德克（Peter Handke），她說，她只是一名鄉下的作家而已。她的謙虛裡既有一份自嘲，又像在諷刺整個父權般的文學經典殿堂。有人就此詢問漢德克什麼感想，他卻回答：葉利尼克是誰？

我雖然由衷鍾愛漢德克的文字和文體，但如今我更覺得葉利尼克能切入核心要害，綽號小鹿的她深知她要什麼，以及批判的重要，她不怕挑釁政治議題，卻又延續了奧地利文學傳統，尤其是謎般傳奇的女作家巴赫曼。我喜歡像她們這麼叛逆的女性，這麼有話要說的作家。

《人民之王》（*Am Königsweg*）就是這樣產生的，四年前川普當選美國總統，她在驚訝之餘，思索了右與極右的距離，歷史是否重演。畢竟這個題目亦和她的身世有關，她毫不客氣地批評奧地利對過去歷史的隱瞞和欺騙，更指出群眾和社會的盲從和虛偽。

性與暴力顯現在權力與控制之中，則是葉利尼克另一個主題，她談女性情慾，但以人性的陰暗及幽微，表現男女關係的殘酷，以施虐及受虐，她徹底地反對父權，反對社會或政治體制可以讓一個男性統治，為所欲為。如今已進入了#Metoo 年代，許多人宣稱女性身體及政治主權已逐漸提升。宣稱的人也許也可以讀讀葉利尼克，雖然她的作品極難翻譯和詮釋。

在川普現象熱烈不熄的今天，很期待看到《人民之王》在台灣出版以及舞台劇的演出，希望更多人在討論川普現象時，更能看出葉利尼克及女權主義的精神，和川普狂人一樣，這樣俱足份量能夠書寫及評論他的作家也就只有葉利尼克了。

只有寫日記才讓人不發瘋

克里斯塔・沃爾夫 Christa Wolf

這本書可能是德國女作家克里斯塔・沃爾夫（Christa Wolf，1929-2011，德國）最好的一本書。沃爾夫在過去四十年當中，每年選一天寫日記，她將那一天的生活鉅細靡遺地記錄下來，毫無篩選，盡求客觀。四十年後，這本書成為一本個人歷史。

日記作為創作的形式常遭人忽略，作家穆斯爾（Robert Musil）在百年前便說過，寫日記是最令人愉快及最自由的創作形式，所以他寫了許多日記，其中有一天的日記又跑出這一句：日記？大家都在出版日記，這已成為取巧和方便的形式了。

但許多大作家都寫日記，像湯瑪斯曼，他甚至認為寫日記是作家創作最好的演練，在去信給一位年輕作家時，他便曾勸導對方寫日記，他說，寫日記並寫出你自己的樣子，你便是作家了。湯瑪斯曼的日記在死後才公開。

克里斯塔．沃爾夫服膺寫日記的箴言，把寫日記當作作家的工作日誌，四十年後她重翻日記，認為寫日記是她的生存之道，只有寫日記才讓人不發瘋。沃爾夫是前東德知名作家，早年在東德文壇便非常活躍，一九六〇年她開始寫的那一年，她卅歲，她寫九月廿七日那天，寫了四十年。為什麼是九月廿七日呢？因為社會主義精神領袖蘇維埃作家高爾基一九三五年的九月廿七日發信給世界各地的作家，希望大家為自己也為人類共同目標，把現實和理想生活全寫出來。一九六一年高爾基又重複地去信要求各地社會主義作家同志們寫下一天的日記，並訂名為「世界的一天」，克里斯塔．沃爾夫當時應邀參加這個寫作計畫，她寫了一篇名為〈一九六〇年九月廿七日星期二〉的散文，第二年她再度響應，從此她每一年的同一天都繼續寫。

沃爾夫從外在社會事件或政治氣氛寫到家庭生活和個人寫作面臨的問題，甚至自己的情感關係，逐一陳述，且她說她在出版時並無刻意刪減。沃爾夫自己說，她的政治立場跟著歷史的腳步有所更改，她希望保留不同年代最真實的紀錄，以便呈現自我在文學與外在的互動，她後來發現之前自己的政治觀點過於天真，甚至文學立場也一度搖晃，從開始寫日記時的警戒「別把自己看得太重要」，對自己追求外在肯定一事抱著羞愧的態度，隨後又質疑自己作為作家的才能不足，「小才華，大野心」，批評自己寫作的目的及作品的缺點：主觀性過強。

一九六五年，東德社會民主黨大幅禁止文學作品，並且逮捕一些作家下獄，這一年，沃爾夫對社會主義的天真理想開始有了少許懷疑，逐漸地，懷疑每年都在加深，她開始在日記上寫：日記可能是剩下來唯一可以自由表達個人想法的地方，只有這裡寫作不必做任何妥協。當時她卻是東德國家文藝獎的得主。柏林圍牆築立之後，她對東德的信心更為喪滅，以至於她在日記上經常問：這麼多人要離開東德，這樣的國家還能如何發展？而她本人和丈夫也夢想離開，他們想到義大利或希臘的小島，只想過一個簡單及自由的生活。離開的渴望很強烈，但東德國家制度和系統更頑固，他們終究沒走成，後來離開的想望便逐漸枯萎了。

但生活得繼續，沃爾夫在日記上繼續寫，現在只有寫日記才能讓她有活著的樂趣了。七〇年代底，沃爾夫兩個女兒遭東德祕密警察跟監，使得沃爾夫必須尋覓日記的隱藏之處，她繼續寫，「這個我們整理出來的世界，是維持不下去了。」但她必須存活，她保持沉默，那是她得付出的全部代價，她一直都是東德文學明星，她為東德社會民主黨寫演講稿，並上台致詞，與前東德文學精神代表人物賽格爾絲同台，賽格爾絲還特別要求要私下和她見面，沃爾夫在日記上記下那天的見面，發現了一個有趣的問題：賽格爾絲也不確定，作家應不應該在作品中將上帝人格化。

沃爾夫在日記裡也抱怨環境汙染及學校教育問題，她可以偷偷收看西柏林的電視節目，偶爾也誠實地記下對西方影片的看法，譬如她在看完瑞典導演柏格曼的《夫妻之間》後便寫道：這裡的夫妻之間如此複雜和無味，竟然和其他的國家一樣？沃爾夫從未把這些看法公開，她也質問自己是否腦內已設定了某種監控系統，潛意識會替她決定什麼該寫而什麼不該寫？

沃爾夫的日記不但是自己的祕密，也是別人的祕密，她是誠實的，所幸日記現在才公開，過於誠實，使這本書可讀性非常高，就像一些傑出的日記一樣，作者的自覺和自省便是書的內容，沃爾夫並未美化自己，而內容中的種種瑣碎苦悶又或刻薄，反而就不會那麼惹人挑剔，更容易博得同情和理解。

花了十六年才知道什麼是蟑螂

克勞蒂亞．魯施 Claudia Rusch

那已經是十來年的事了，德國作家克勞蒂亞．魯施（Claudia Rusch，1971-，德國）上中學時一直打算離開東德，但不是為了投奔西德，而是到更羅曼蒂克的地方——巴黎，之後，她認識兩位法國男人，一位甚至談及婚嫁，但魯施為了父母和家庭下不了決心，她為那個很容易拆散天倫的政權不滿，但她留在東德。再幾年後，柏林圍牆倒塌了，克勞蒂亞去過巴黎，卻沒住在那裡，她仍然住在柏林。

她寫了一本書。那也是她的處女作，書名叫《我自由的德國少年時光》（*Meine Freie*

Deutsche Jugend），寫的便是她在前東德的生活回憶。自從作家亞納・韓瑟爾出版了《禁區小孩》（*Zonekinder*）後，懷念東德很快成為流行，魯施的作品也成為此類作品代表。魯施在書寫上顯然比韓瑟爾更開放及淋漓盡致，最重要的，魯施沒有韓瑟爾寫作語調的那種自憐，對社會主義共產政治也沒有刻意批判，她幽默但不嘲弄，反而流露某種慧黠，很多跟她同年紀的禁區小孩都深深認同她的情感表達方式，有人說那不是nostalgie，那是ostalgie，ost便是東（德），而魯施的作品正是溯往的開始。

魯施在書中描述了廿五段年少的遭遇，包括求學和日常生活的親身故事，娓娓道來，頗引人入勝。諸如前東德人對西方物質既渴望又尷尬的心情，因香蕉及巧克力被禁止，反而激起更多人偷偷食用，這便是著名的香蕉情意結，柏林圍牆倒後，大部分的東德人在西德第一件買的東西便是香蕉；魯施也生動地描述更早之前有人從西柏林偷渡來龍蝦，但高興之餘卻不知如何烹調，大家束手無策。

魯施出身一個長期遭祕密警察跟蹤的家庭，她的祖父便死於監獄，母親再婚，與當時東德著名活躍的異議分子哈佛曼等人來往密切，小時候的魯施還和他們一起度假，哈佛曼一九八二年在家中被捕，隨後也死於監獄。

但魯施的童年無憂無慮，她和母親搭火車前往度假時，因無座位，即便母親不願，只好坐在跟蹤他們的祕密警察腿上，天真的魯施居然在車上告訴祕密警察她從父母那裡聽來的何內克笑話。何內克是前東德首領，許多東德人因不滿政權，私下嘲笑他。魯施總是化凶成吉。包括她少年時不願意跟大家一樣每天不是紅便是白衣，她總穿綠色，全憑個人本領，居然也說服祕警不找她麻煩。

魯施要到十六歲才知道什麼是蟑螂，前東德蟑螂之多，但這些傢伙不一定活在廚房角落。魯施被同儕笑為白痴，因為她多年和人討論蟑螂，一直不知道別人談的是祕密警察，蟑螂只是祕警的代號。而魯施的母親多年懷疑一個家庭成員祕報及監視她，後來德國統一後，資料全可公開，她們才發現這個家庭成員根本不存在，為此還相當慚愧。極權使得生活面目荒謬恐怖，但作者冷靜不帶感情的描述卻使一段段「他人的生活」更有想像的空間。

兩德統一已卅多年，到現在前東德人談起以前的生活，主題幾乎都還是祕警，那個滲透力極強的情報系統使人幾乎窒息，魯施回憶兒時卻沒有抱怨，甚至說童年自由自在，她慶幸自己有一個東德的童年，她這麼說可能是真的，不是嘲弄。她一旦明白自己並不自由時，童年便不再了。

魯施最強的地方是直接坦白的敘述語氣，她像談別人那樣談自己的事，所以雖是回憶，卻有史實的客觀，她堅持不批評的態度也許是因為立場不明，但她絕不會是那種感謝兩德統一的人。除此之外，她沒有清楚的主題，沒有留下可以循跡前進的紅線，有的是一個個精采的故事。

魯施讓人再度明白：兩德雖已統一了，實則卻又沒有。蟑螂雖然無孔不入，但有人要花十六年才知道什麼是蟑螂。

雨果女兒的祕密戀情

阿黛爾・雨果 Adèle Hugo

一八六三年二月，加拿大哈利法斯港口不但飄著雪，港口四處幾乎都無人煙。一個年輕女人提著行李在港口附近找房子，來到桑德斯家下榻，她叫阿黛爾・雨果（1830-1915，法國），她因瘋狂愛上一名分發至哈利法斯港服役的中尉，而獨自搭船來到此地。阿黛爾對桑德斯家人說，她此行是來找她的未婚夫皮森。她當時卅三歲，愛皮森愛得有點痴狂。

法國新浪潮導演楚浮一九七五年把這個故事改編成電影（中譯《巫山雲》）由伊莎貝爾・

亞珍妮飾演，我印象極為深刻。

多年後我讀起阿黛爾·雨果的日記，對她那些年孤獨至極的日子震驚無比，我才知道，原來她是一個活在幻想中的人，她無法面對人生現實，逃避於自我編織的謊言中，寫日記救了她，但寫日記也沒救得了她。

在那個年代，只有很少的女人才有能力和條件旅行，阿黛爾的父親是法國大文豪雨果，她告訴父親，中尉已經向她求婚，父親不但資助她旅費，她抵達加拿大後，也定期寄錢給她。阿黛爾為了見中尉皮森，困難重重，到最後可說是不擇手段及自取其辱，原來，那皮森並不愛她，桑德斯一家人馬上看出來了，但阿黛爾不相信。她至死也不相信皮森中尉不愛她。她認為皮森還沒有機會真的認識她，一旦他那麼做，他便會愛上她。

阿黛爾費盡力氣由倫敦輾轉來到加拿大，她到了不久便獲知皮森新婚的消息，但不肯接受事實。她過起艱困孤單的日子，設想一切，以便挽回皮森的心。

阿黛爾·雨果生於一八三〇年，是一個標致的大美人，大作家巴爾札克便不只一次讚美過她的長相。她心思敏銳，不但彈得一手好鋼琴，還會作曲，在寫作上也有才華，父親雨果鼓勵她寫日記，她在廿二歲那年開始寫，後來保持了寫日記的習慣。

從日記看來，阿黛爾不但有邊緣性人格的傾向，廿六歲那年起憂鬱症也日趨嚴重，那些年，大作家雨果流亡英倫海峽的葛尼賽島，阿黛爾跟隨父母分別在英法兩地居住，一八六一年，那一年她卅一歲，遇見了軍人皮森，從此把心和靈全交給了他。但皮森消失了蹤影。

她有信心找到他，也果真找到了他。她先在哈利法斯為皮森停留了三年，隨後皮森又外放至巴巴德，阿黛爾也繼續跟隨著部隊去巴巴德，一直到她精神病發作的那些年，她父親雨果憂心忡忡地和她通信，勸她回家，但都勸不了她。

雨果的大女兒十九歲時在塞納河溺水而死，那時在旁的阿黛爾十二歲，該事對她的童年有很大的影響，她在日記裡記載了許多。

一八七二年，阿黛爾結束其為愛走天涯的日子，她已經無以為繼，精神完全崩潰。她被人帶回法國，住進雨果的醫生朋友家裡，她認得出父親，但已說不出話，隨後，她又被送到聖孟蝶精神醫院，無藥可救，她已全然瘋了，她在醫院一直活到七十五歲。

我以前太小看她了

珍・奧斯汀 Jane Austen

我雖讀她的小說和看改編自她作品的電影，但我從前不懂事，以為她的作品人物和世界不夠寬闊，題材也類似，大都為十八世紀末十九世紀初的英國鄉下，她雖擅長繪描那些人的生活和情愛，但從未走出英國鄉下格局。現在我才明白，我錯了，僅僅完美能把這些人物和故事寫好，便是大師。

珍・奧斯汀（Jane Austen，1775-1817，英國），許多人封她為莎士比亞之後英國最偉大的作家。她以幽默傳神的筆調描繪十八世紀末英國人的鄉村生活，也只有她行。直至今天，許多人仍然模仿她寫作，而且沒人可超越。

愛情與家庭，維多利亞時代來臨前的英國小鎮生活，我覺得華語作家張愛玲可以相提並論，張愛玲寫戰爭前後的上海與香港，有誰能這麼淋漓盡致？珍．奧斯汀亦然，她們以絕無僅有的文筆寫出那時代人的生活和內心狀態。

而且就單單只是女性，在那樣的時代，她們實在太優秀，太有才華。我敬佩珍．奧斯汀之處，是她對抗那個社會的禮教，敢言凡人之不言，且終身未婚，奉獻為文學。

生於一七七五年，成長於英國罕普雪爾小城，十歲那年和妹妹上寄宿學校讀書，十二歲便開始寫小說。剛開始她的手稿只能賣幾英鎊，作品乏人問津，但逐漸地，她的年收入幾百鎊，在當時便是大數目，連英國皇室都指定要讀她的書。

寫作是辛苦的事業，她為何這樣寫下去，如果問她，會不會和法國作家莎岡一樣，只因為「我愛寫」。她說，她對自己寫作時充滿愉悅一事感恩，只希望別人的批評不要傷害她寫下去。這個說法，我現在終於明白。寫作是為自己而寫，無論為何寫作，或為誰寫作，首先要自己寫得開心。

她又說，她不期待別人非同意或喜歡她不可，因為這樣可以免去要回報他們美意的麻煩。而且這世界上有一半的人不會了解別人為什麼可以快樂，以及快樂是什麼。只有妹妹卡姍達，她們一起讀書、討論，卡姍達甚至在手稿上幫了許多忙。她是幸運的，有個妹妹不但是知己還是祕書兼編輯。

不然，那些日子怎麼過呢？廿歲和湯姆勒福依的短暫戀情，一八〇一年在船上認識一名男子，陷入戀情，但他隨後卻不幸過世。隔年，有一天，她和比她小六歲的富家少爺畢格魏特斯訂婚，訂婚後隔天她卻取消婚約。

沒有人知道她取消那婚約的真正原因，她為何終身未婚？是婚姻不合適寫作生活，還是她從來沒遇到真正理想及相愛的人？

我是慢慢地對她的作品和人生產生極大的興趣，我以前真的太小看她了。

海倫．凱勒和密友

海倫．凱勒 Helen Keller

將你的臉靠近太陽吧，這樣就不會看到陰影了。

這是海倫．凱勒（Helen Keller，1880-1968，美國）的文句，鼓勵了無數人，不僅是聾啞和盲者，已經一世紀了，她給大家帶來希望和光。

海倫．凱勒出生在美國阿拉巴馬州，那是一八八〇年，她是一個健康活潑的嬰兒，非常聰明，六個月大時就開始學說話，但不幸在一歲半時感染胃炎和腦炎，過度發燒，導致全盲和半聾。

她母親一時尚未發現，幾日後，她發現她對搖鈴聲沒反應，且經常以手在眼前揮動。之後一段日子中，她發明了六十種身體姿勢作為自己的語言，譬如以身體冷得顫動起來表示冰淇淋。

五歲的她感到沮喪，因為她聽到大家都在說話，而她不會。二年後，雙親為她找到家庭教師。安．蘇利文（Anne Sullivan）很愛她，花了極多心思為她設法找出學習之道。她們後來終生亦師亦友，死前她一直執其手，直到咽下最後一口氣，她希望死後和她合葬，二人後來成為美國人的光榮和表徵，被尊榮地並列葬在華盛頓國家墓園。

安．蘇利文也是一位傑出的女性，比海倫．凱勒大十三歲，她在廿歲那年感染沙眼，因而失去視力，曾經動過手術，視力恢復些許，但多年後仍然全盲。她從北方來到南方，四天的旅途勞累，搬入凱勒家時，還有點不適應，但之後卻贏得她的信任，成為密友，乃至結婚後，凱勒還和她及夫婿住在一起，她的丈夫是出版她的書籍的出版社編輯，多年後他們離婚，二人繼續住在一起，友誼達半世紀之久。

當年，安．蘇利文給她上課，開始一場震撼教育。因為她致力及不放棄，聰明的凱勒才離開黑暗的摸索，而且絕佳的文學天賦因而得以發揮，一生寫了廿本書。

第一堂課，她送給她一個洋娃娃，並且在她手掌上寫下DOLL，但她不理解這四個字母，後來，她交給她一個馬克杯，並且在她手掌上寫三個字母：MUG，她完全不解其意，吵鬧不肯再學。一直到有一天，安・蘇利文倒水在她手上，並且在她的掌心寫了五個字母（WATER），凱勒才突然明白字母的連結和文字的意義。

凱勒學了布利葉盲文，學習了法語和德語，她也學會如何摸著一個人的嘴形，知道他在說什麼話，是第一位獲得大學學位的聾盲者，之後還得過哈佛大學榮譽博士學位。

她很快便開始寫書，十一歲便出版第一本書《冰點國王》（*The Frost King*），廿二歲出版第二本書，是自傳（The Story of my life），此書暢銷全球，她成為感動人心的作家。

不只如此，她也是一個社會運動改革者。

海倫・凱勒不是默不作聲的社會主義者，她參加了許多社會運動，致力為勞動工人發聲。她超越了自己身體的局限，在一生中，做出最大的心智表達和理想實現，她不但不需要他人的憐憫，還以身教及文字去體恤和感動世人。

張愛玲在太子道上的那些日子

張愛玲 Eileen Chang

張愛玲（1920-1995，中國）是現代華文文學最重要的人物，我當然也閱讀她，這篇文章是回想她在九龍太子道上的那些日子。

那一年，我應邀到香港浸會大學做訪問作家，那一次，浸會大學邀了將近十位全球各地作家，大陸作家是徐小斌，後來大家皆成為朋友。負責招待我們的林幸謙教授，有一天問我們兩位華文作家，想不想去看張愛玲的遺物和文件書信。

好啊，我順口回答，並不積極。我喜歡張，但並不著迷到非接觸她的文物不可。但林教授說服了宋淇夫婦的兒子宋以朗，張愛玲遺產的接管人，他願意讓我們一起去。他先在九龍一家韓國餐館請我們三人吃飯，開了一瓶好酒Chardonnay，我對他印象是說話極慢，可能是因為我們以他所不擅長的普通話交談。不只說話慢，他大抵是一個連決定也很慢的人。

飯後，我們一起步上太子道。當年，這一區已是香港富裕人家的地址，今日更甚。我們走進宋家的公寓，房子維持得還不錯，三房二廳之類的，三樓陽台還養了繁茂的九重葛，我就站在陽台上，想像張愛玲那一年住在宋家的心情。

宋家現在是宋以朗一個人住，張愛玲的文件和書稿，全置於客廳一大桌上，再加上一牆壁張愛玲或有關張愛玲的著作，除此，沒有別的家具或裝飾。我們大部分時間都是站著交談。談的都是張愛玲。

宋以朗允許我們翻閱桌上的文件和書信甚至英文文稿。林教授還建議宋以朗把桌上兩本張愛玲未出版的英文小說讓我中譯，還好此事最後沒促成，有一陣子我有點小擔心自己沒時間又不勝任，譯文還得受張迷指點和批評。

我在那一晚，看到了張愛玲和摯友鄺文美及宋淇的通信。有幾封張愛玲的信，內容令我不安，印象最深刻的一封是在描述她的皮膚病，我對她信上形容的病情有一點不解，會不會更多是臆語呢？會不會更多是疑病症呢？

我讀張愛玲，大致每一本書都讀過了。對她的寫作才華當然佩服，一些句子造得如此警世，但也讓我感到蒼涼和世故。大抵，對這樣的大才女，這樣過的一生畢竟不是一個理想的人生。

廿歲出頭便是上海最紅的女作家，和胡蘭成短暫的婚姻，和美國左翼作家賴雅貧困的生活，在華文界文壇地位隆重，但作品翻譯成英文皆不成功，自己以英文寫成的小說稿甚至賣不出去。人生最後廿年深居簡出，幾乎沒有創作。

這是什麼樣的奇女子？這是什麼樣的傳奇？

那一晚，最讓我畢生難忘的經驗便是發現張愛玲愛算命。我在一包紙札中，看到她事事都求籤卜卦，問姑姑來港如何？《秧歌》的英文版又如何？幾乎人生大事都問遍了。她保留了那些籤文。

那一年，她來過台灣，去了香港，和宋淇談電影劇本的事，本來一度打算留下來寫，她在那間房子裡待了十多天，那間房間很小，現在已改為浴室，然後賴雅來電報病了，她遂返回美國。

我曾站在那房間，廚房的邊間，還滿狹窄的，我想像張愛玲坐在那房間構思寫作的樣子。

她教你如何寫暢銷書

莉莉安・法欣格 Lilian Faschinger

莉莉安・法欣格（Lilian Faschinger，1950-，奧地利）的第三本小說《罪人瑪德蓮娜》是根據暢銷市場量身設計，而且她完全成功了。兩年前先是在奧地利電視上的綜藝談話節目供人喋喋不休，再來便翻譯成十餘國文字在世界各國出售，後來連電影製作人都有意買下版權。

法欣格如何量身暢銷市場？一點點性愛場面，不能太過分，太過則會被列入性愛小說，所以性愛場面程度只能到內衣廣告的尺度；一點點知識給那些想快速吞下精神「速食」的廣大讀者；然後便是很多的犯罪、殺人場面，這對書的暢銷絕對錯不了。

《罪》書的野心仍不只為暢銷，作者很清楚，若要讓文學界也重視此書，主題必須有重量，一本圍繞女性主義、腐敗墮落的天主教會、歐洲保守的地域氣息、罪惡與同情的小說絕對符合需求。最重要的是，她必須提出一套不同的「性與政治」觀點，這不但能成功，還能讓人煞有其事展開討論；《罪人瑪德蓮娜》的基本架構出來了，然後，作者為這個架構基礎設計了一位女主人翁，她當然必須如《聖經》上所形容的美女：紅髮、如白瓷般的皮膚，不但有罪，而且還犯下滔天大罪。

不管《罪人瑪德蓮娜》翻譯成什麼文字，書封面上的宣傳訊息必定保證能賣：一個騎重型機車的女人挾持了天主教神父，脅迫他聽下她殺了七條人命的告解。離開褊狹到令人窒息的家鄉，瑪德蓮娜以佯裝修女的裝束，遊遍大半歐洲，她，知識淵博、反應靈敏、愛恨分明，為了追求永恆的愛情，先後把七個男人殺了。

書的敘述者是被挾持及被誘惑的神父克里斯欽，他一一詳述究竟，瑪德蓮娜如何挾持他、誘惑他，而他如何從一個獻身基督教義的受害者轉變成愛慾的追求者，他如何進入瑪德蓮娜的精神世界。對他而言，瑪德蓮娜無論外表或內在都是天使的化身，瑪德蓮娜以粗暴兼挑逗的方式向他告解，而被束縛的神父口中塞著女罪人的黑色內褲，他只能聽卻不能說，法欣格有意不讓女罪人的話中斷，瑪德蓮娜必須向「女性仍沒有發言權」的男權社會挑釁示威。

在神父（作者）的眼光中，瑪德蓮娜是這樣的女人：紅髮美女，穿著緊身黑色皮衣，皮衣內只穿黑色內衣，她騎著附加邊車的布赫機車（全世界恐怕找不到兩輛），熟讀西方古典文學名著，大部分的時間只聽巴哈，不但有人文教養還有世界觀，連身體都發出奇異的花果香味。在這麼多的「女性特質」下，男人幾乎沒有抵抗她的餘地，連神父都必得被她吸引，與她犯下基督教義中的最大禁條。

讀者在讀完瑪德蓮娜的罪狀後，也許會發現，她最大的罪行並非她把無法滿足她的男人全宰了，而是她實在太長舌了。她，瑪德蓮娜，化殘暴與溫柔為一身的女人，不但貪吃、好享受，而且話一說便嘮叨個沒完沒了。來自一個閉塞保守的奧地利家庭，為了追求愛情，四處遊蕩旅行，她通常對男人百依百順，但在性慾無法滿足（或發現身邊伴侶竟然是同性戀）時，她又變成大逆無道、極端至極的殘暴女性，她，瑪德蓮娜，走遍大半個世界卻一點人生幽默感都沒有。

法欣格在《罪》書中並未給予任何反諷的可能，她攻擊中歐社會所充斥的偽善天主教文化、人與人之間遲鈍無能的情感表達，由於女主人翁的行為古怪、不合情理，不管愛情或謀殺都欠缺令人信服的動機，使得《罪》書力量稍弱。還有，神父和瑪德蓮娜二人語言幾乎不分軒輊、沒有差別，應是《罪人瑪德蓮娜》可挑剔的敗筆。

其實「女性奪權」正是法欣格偏愛的主題，而作者巧妙地將之編織進一個女流浪者的告白，一則驚世駭俗的人生告解。無論成功與否，《罪》書可視為一個女性寓言，一個後現代主義者及女性主義者觀點下的天方夜譚。《罪》書攻擊奧地利社會文化的背景其來有自，本世紀起，從阿坦伯格、克勞斯到托瑪斯．班哈德甚至到彼德．韓克及葉利內克等奧地利作家皆動輒無情批判自己的社會，此傳統並不令人陌生。

父親，我早該殺死你

雪維亞．普拉絲 Sylvia Plath

我每當重讀雪維亞．普拉絲（1932-1963，美國）的〈爹地〉（Daddy）那首詩時，都重感到震撼無比，彷彿詩為我而寫，或者，慢慢地還以為，詩是我自己寫的。

這首詩在現代文學史上具有極大的爭議。普拉絲以黑暗、超現實及隱喻的手法，寫出弒父情結的女性痛苦。父親是納粹，母親可能是猶太人，〈爹地〉寫於一九六二年十月十二日，一個月前她與丈夫休斯分居，一個人帶著二個孩子搬到倫敦一處公寓，四個月後，普拉絲身亡。

而在一九六一年的一次訪問，那時她和休斯結婚了三年，雪維亞．普拉絲這麼告訴BBC：

休斯是一位絕佳歌手，說故事的人，獅子，世界遊牧者，有著像上帝發出的雷聲……

她和休斯那樣活了幾年，生了二個孩子，住過美國和英國，一直到自殺。自殺因為憂鬱症，也有可能因為丈夫愛上一個有夫之婦雅西亞（Assia Wevill），他告訴她，那位雅西亞是性感女神。性感女神來了，誰能阻擋？他丟下了她和二個孩子，那年冬天，她再也受不了了，開了煤氣爐，讓自己走了。

她說過，死這門藝術，有誰會比她更了解？她也寫過：

死，是一門藝術，
所有的東西都是如此。
我要使之分外精采。

她有寫日記的習慣，多年後，休斯燒毀部分的日記，「為了不要讓孩子看到。」但他惹惱了後來眾多普拉絲的粉絲，還有無數的女權主義者。不少人認為他不該毀了她的日記，會不會是他做了什麼，為什麼不只普拉絲為他自殺，六年後，雅西亞也因為他移情別戀而攜子自殺，一樣是煤氣爐。而且她和普拉絲的另一個孩子多年後也自殺身亡，這麼多人的自殺，休斯到底怎麼了？這位曾被選為英國最重要詩人之一的休斯！

他終身活在眾人所指的罪惡陰影下。他其實只是個詩人，也沒做什麼，只是一個不忠實的風流男子，和許多不忠實的男子沒有任何不同。但他在普拉絲死後，每年在她的冥日那天寫詩給她，九八年他癌症過世前，才決定將這些詩出版。

二人的關係真的只有二人自己知道，外人很難知悉，到底發生了什麼。畢竟一切也只有自己一人感受。如果愛是瘋狂的愛，那麼背叛又如何承受？普拉絲當年也對同儕詩人湯瑪斯（Dylan Thomas）很迷戀，只是他倆無緣。我很想追問，她為什麼總是喜歡詩人呢？湯瑪斯和她一樣很年輕時便結束生命，詩人的生命果真比較脆弱，詩人是燃燒自己的生命去寫詩。

普拉絲有憂鬱症，九歲那年，她摯愛的父親過世，她那有奧地利血統的父親，那首描寫父親的 Du und Ich，她說她再也不相信上帝了，她說，她應該先殺死他，也許那苦痛會輕微些。在認識休斯之前，她便多次自殺，並做過電擊及心理治療，遇見休斯後，重新活了過來，至少過了幾年快樂的日子，直到那位美麗的雅西亞的出現。

父親，我早該殺了你
我還沒來得及你卻死了

普拉絲的詩我也經常讀，帶著那麼一點憂愁，每每我聽她朗讀那首〈Daddy〉時，我感到悲傷，不只是因為理解她，理解人世和命運也有的困頓，更理解女性對男權社會的反抗。

悲傷是她的名字

雅歌塔・克里斯多夫 Agota Kristof

原來那些年我曾經如此錯失雅歌塔・克里斯多夫（Agota Kristof，1935-2011，匈牙利）。

多年後，我才知道。她的書寫如此淒冷，如此悲哀，從來沒有人這麼寫過，我被她小說中戰爭的殘酷驚嚇，被那些悲劇人物的沉默困擾。她的文字如此簡潔，就像小孩子無辜的靈魂，她化身那二個孩子路卡斯或克勞斯說話。多年後，我才明白，所有的感情都在文字裡凝固了，而原來那些冷漠中又隱藏了多少憤怒、苦痛和悲情！原來她那麼頑固地推翻抒情的調性，只為了讓那些冰冷的書寫閃現出愛的光芒！

卅年前，我曾經讀過《惡童日記》（*Le Grand Cahier*）。印象非常清楚，一開始興致頗高地讀著，因為小說的法文寫法，文字簡單生動，讓我印象深刻，但讀到一個章節段落，卻是一個女孩和狗性交的細節，從此便無法繼續，我將書置回書架，再也不關心這本書了，也忘了該書的作者是誰。

多年後，我重讀雅歌塔．克里斯多夫，一直讀到這一頁時，我才猛然想起，時間改變了我，或者，我的生命經驗改變了我，現在我可以更寬容地接受人性的善惡，對人類的六情七慾不再持道德判斷，所以，我把小說從頭至尾讀完了。這本書讓我看到自己多年後的心境改變。

我才知道，當年像我一樣的讀者很多，在法國，甚至有中學教師遭家長指控，只因為推薦學生讀這本書，而這些性交段落引起家長群憤。這可能也是為什麼克里斯多夫雖然是本世紀歐陸最重要的作家之一，但也是最常被遺忘的一位。

多年後，我如此理解雅歌塔．克里斯多夫：她必須以事不關己的立場描述她的生命，她必須，她必須冷靜客觀，否則可能無以為繼，正像她在《第三謊言》（*Le Troisième Mensonge*）中這麼寫過，「一本書，再怎麼悲傷，都不如真正生活裡的悲傷。」她在錯誤的時代和錯誤的地點出生，唯一正確的事是書寫；她像昆蟲學家那樣注視著自己小說裡的人物，那些人物也有可能是我們？她以節約自制的字句割開歷史的傷口，撕扯失落文明的皮膚，或許因此我們讀起來更痛。她成為少數能抓住那個時代恐怖感的作家。

小說的寫法經常是對照世事殘酷與人性的天真，所呈現出的極簡風格。有些評論家將她與卡夫卡和貝克特相提並論，但我不認為，也不覺得他們之中有任何相似之處，沒有人有一張像克里斯多夫那樣悲傷的文學面孔，沒有人。

她描繪戰爭及生命的黑暗和困難，她以完全不能妥協的節約風格書寫，主題圍繞戰爭、逃亡、失根、孤獨、愛恨、背叛與暴力，有關愛慾的追尋和遭遇，有關於自由的需要，究竟誰留下來，誰走。她自己走了。她選擇了離開。雖被歐陸文學界歸類為反戰作家，但她從不費力描繪引人注目的戰爭血腥場景，或者政治的承諾和變化，也沒有華麗的歷史全景，但那冷調、準確和簡潔的書寫，反而更讓讀者可以見證和回味。

《惡童日記》中雙胞胎兄弟的經歷脫胎於雅歌塔童年印象，她的小學教師父親也辦雜誌，因政治異議入獄，在史達林主義的年代，被送往監獄是稀鬆平常的事，她與哥哥被送往鄉下由外婆撫養，那裡沒有水電也沒有車站，中學畢業後她嫁給她的中學歷史老師，她的丈夫也是異議人士，一心一意要離開祖國，她說，當時她是為了他，否則不會離開家鄉。

那是一九五六年，俄軍占領匈牙利，她和當時的丈夫懷抱四個月大的女兒穿過邊境逃亡至奧地利，再由奧地利抵達瑞士。雅歌塔成為難民，她獲得瑞士政府發給住處，並在一家鐘表工廠工作，她必須養育女兒和丈夫。她曾經如此形容她的瑞士難民生活：沒有變化，沒有驚奇，也沒有希望。不少和她一樣的逃亡人士離開祖國幾年後，走上自殺之途。

她沒有自殺，在鐘表工廠工作五年，但沒忘記寫詩，詩以匈牙利文寫，那些悲傷的詩救了她；那時她已經可以說流利的法語，但她不快樂，不但決定離婚，並且在暑期班註冊學習法文，打算放棄匈牙利語以法文寫作。寫作，是為了離開那該死的工廠。她必須寫，她必須成名。剛開始只是晚上寫，她在獲得《惡童日記》第一部曲的成功後，辭去鐘表廠的工作，專職寫作。

在讀過她的小說後，我更喜歡讀她的自傳，她在自傳《文盲》（*L'Analphabète*）（那年抵達瑞士時是法文文盲）中寫過，那些童年孤寂的夜晚，她在床上難以入眠，眼睛經常含淚，她開始造句，喃喃自語，她把句子造出旋律，她輕輕唱了出來，後來那些句子被她寫在大筆記本上（Le Grand Cahier）成為短文，那是她最初的寫作。

而為什麼決定以異國文字書寫？她說，當時她以為自己永遠不可能再回去了，她同時失去了祖國、故鄉、家庭和語言，她必須斷尾求生。法文寫作對她相當困難，因為她不喜歡法語，為了以法語寫作，「必須先殺死自己的母語」。然而她做到了，她使用異鄉人的語言寫作，她說，她因此「不可能使用完美的語法和華麗的句子」，而且用字造詞必須更節約謹慎。這也許是她那極簡風格的由來？五十一歲那年，她的《惡童日記》出版後轟動一時，後來翻譯成卅國文字。她在廿年內以法文寫了五本書。

她也曾經說過，她不那麼喜歡自己的文字，乾癟、消極、沒有希望，就如同她自己。《惡童日記》成名後，她連接寫了《二人證據》（*La Preuve*）和《第三謊言》，維持那只有她擁有的寫法，但開始虛實交錯，甚至有推翻自己的解構傾向，至此，她的惡童三部曲底調蘊定，她反而將目光朝向故國。

她開始自問，當年她若不義無反顧地出走，生活可能更貧困，但也許比較不孤獨飄泊。但是她既然在這裡，就不會在那裡，這是永恆的悵然。《惡童日記》出版後，她得過歐洲各地文學大獎，但都不如今年匈牙利頒的柯羅斯獎（Kossuth Prise）給她的感動。幾年前，為了拍攝紀錄片，她在記者和攝影師的陪伴下，第一次返回故鄉，回到當年的老家前，她久久只說出一個字：可惜。過了許久，又說了一次：可惜我離開了。她用五六個字來形容她生命裡最大的失落。但這便是雅歌塔．克里斯多夫，如果不是這樣，她不會那樣寫。

「書寫，」她說，眼光裡沒有任何驚異之情，「書寫正像自殺，每天你得把自己殺死一些，因為你得把生命裡的悲哀再重新活一次，再承受一次……」她喝威士忌，抽菸抽得很兇，她告訴為她製作紀錄片的記者：你必須決定，書寫或者生活，你不能同時擁有。但她並未決定，她當然不可能決定，她只能寫，她只能回到她生命最悲哀的現場，那些虛無及絕望的回憶。

六十五歲後，因身體病痛，她不再多寫，七十歲後甚至完全不寫了，她不是沒有悔恨，在她那低調而哀嘆的一生，但她也說，「總結來說，我覺得活到七十歲也夠了。」

「在我眼下，如惡夢般的生活已如畫面逐漸消失，它再也不能使我痛苦了，有一天，我終會回家，我會在家中孤獨老去，但我不再遺憾。」雅歌塔．克里斯多夫年輕時曾經這麼寫過，她是這麼想像自己終老。

二〇一一年七月廿七日她在瑞士家中過世，留下歐洲現代文學最獨特的聲音。我在想，她會怎麼形容自己的一生？她會用什麼字句？會不會就是這個字：悲傷？我是這麼認為，悲傷其實就是她的名字。

但願能像她那樣地寫

瑪格麗特．尤瑟娜 Marguerite Yourcenar

如果一位作者一生只該寫一本書，那麼，我就應該像瑪格麗特．尤瑟娜（Marguerite Yourcenar，1903-1987，比利時）那樣寫一本。但我可能窮盡一生之力也寫不出來，很少人有她那樣的生命經驗和才華，而且她真的也用畢生精力去寫，《哈德良回憶錄》（*Mémoires d'Hadrien*），那是曠世鉅著。

那一本我一讀再讀。我特別愛讀她書後的附註，我看到一位作家在創作偉大作品前的準備和掙扎，是的，她一度放棄，她刪去許多，後來又重新改寫，最後，她選擇第一人稱，她就是羅馬大帝哈德良。她就是那位精通建築並遠征各地的羅馬五賢君，足跡遍及希臘和埃及。他不但是哲學家，也是詩人，並且是音樂愛好者。當然也是傑出軍事家，他有的是軍事勝利。

這本書是她為哈德良所寫的晚年回憶，據說，哈德良曾留下一冊回憶錄，只是事不可考，所有的回憶早已煙飛雲散，但她化身為他，重回歷史現場，她回憶了一切，包括哈德良晚年對少年安提努斯（Antinous）的愛。

一個人擁有一切，不知疾苦，歲數大了，就盲目粗魯起來。我何德享有此等厚福？安提努斯已魂歸西天。在羅馬城內，那些人都認為我太寵他了，其實我愛他愛得不夠，才沒能讓少年人肯繼續活下去。

每每讀至此，我總能設身處地，她讓我們化身了哈德良甚至安提努斯，她讓我感受那被隔絕的愛，那如火的嫉妒，那冰冷的自殘，她讓我重溫歷史的情節或細節，這需要多少的文字技藝和智慧？

我讀尤瑟娜那一本受《源氏物語》所影響的《東方奇觀》頗受啟蒙，也讀她的第一本小說《阿利克西，或徒勞的搏鬥》，但這本《哈德良回憶錄》真是鉅著。

她一向對英雄角色獨有所鍾，十二歲時便讀遍所有西方的英雄故事，她和印度詩人泰戈爾通信，見過英國女性主義作家維吉尼亞．吳爾芙，「她把自己交給了愛情和智慧」，這是吳爾芙對她的評語，但她卻看出吳爾芙「臉上精緻地刻蝕了思考和倦怠的痕跡」。不久，吳爾芙走入湖中自殺，而尤瑟娜至八十歲還精力充沛四處旅行。

因為她把自己交給愛情和智慧。她大半生和情人格雷絲相處，只可惜格雷絲病了廿一年，她陪格雷絲走完生命旅程，之後展開迫不及待的黃昏之旅，她一個人重遊舊地，她的精力旺盛，作品再現高峰。尤瑟娜讓我想到典型作家的生活，她比大部分人幸運得多。我們知道大作家如普魯斯特或卡夫卡，畢生都沒有真正地愛過，而且在前中年便病亡。相對之下，尤瑟娜幸運許多，格雷絲對她的愛忠貞不渝，也是她的小說英文版最佳譯者，是她支持她寫完《哈德良回憶錄》，她們的愛已被標註永恆。

尤瑟娜是第一位法蘭西文學院的女院士，得過無數文學大獎，唯獨缺諾貝爾文學獎。是那些評審無眼，請相信端木松在法蘭西學院的頒獎致詞吧，「我們選您，並非因為您是女性，而是因為您是傑出的作家……我們但願三百多年來所選出的男性作家都有您這樣的才華……」

尤瑟娜，做為女性，我以你為榮，做為作者，我以你為榜樣。

莒哈絲的戀人之書

瑪格麗特・莒哈絲 Marguerite Duras

這是何等的事件，我喜歡你。

——莒哈絲《廣島之戀》

她給他取了一個新的姓名，他走入了她的生命，不但成為她最後的愛人，最後一位生活伴侶，並且成為她的小說人物。現在，這個曾是莒哈絲（1914-1996，法國）書中的人物自己寫了一本書。

他是顏・安德列亞（Yann Andréa），是她的司機、潛水員及祕書。這裡是她的故事：一九七五年，他尚是一個年輕學生時，有一天在《印度之歌》的電影院首演，該片的編劇莒哈絲遇見他，他趨前問他的偶像，是否未來可以給她寫信？莒哈絲抄了地址給他，並說：您可以寫信到這裡。從此，他給她寫了五年的信。

現在，他為她寫一本書。書中坦誠並詳細地敘述了他和莒哈絲之間的戀情。五年後，他在電話亭打電話給她，她講了很久，最後她說，為什麼不來特魯維爾（Trouville）找我？我們可以見面聊聊。他去了，從此，他便再也沒離開過她。顏・安德列亞年輕，至少比莒哈絲年輕四十歲，他應該是同性戀，或者這麼說，他對女性的身體並沒有特別的興趣。他在莒哈絲家裡住了下來，就住在她兒子以前住的房間，他給她打字、校稿、煮飯及打掃，他甚至在她重病時為她洗澡及服侍她。他成為她的情人，他也成為她的奴隸。

從一九八〇年的夏天起至一九九六年三月莒哈絲去世止，大作家莒哈絲與顏・安德列亞共同生活了十六年，他從來沒有直接呼叫過她的名字瑪格麗特，雖然偶爾她很盼望他這麼稱呼她，他總是以敬詞「您」與她談話。顏・安德列亞不叫她的名字，莒哈絲一直不開心，有幾次他不小心使用「你」這個字，她高興地笑得像個孩子。那便是莒哈絲晚年最快樂的時光。

莒哈絲死後，顏．安德列亞寫了一本《此愛》（*Cet Amour-La*）敘述的是一個生死不渝的關係，也是一個絕望的愛情關係，「她要的是全部的我，全部的愛，包括死亡。」那些年，莒哈絲禁止他與家人來往，「她善妒如狂」，她是他的暴君，她是他的世界，她將他的行李丟出門，他每次都又回來找她，「我怎麼才能將你丟棄呢？」她問，「您將無法將我丟棄。」他這麼想，這不只是一個愛情故事，這不只是一個遭遇。這是一個生命的深層的連結。

在首度相遇那一天，他曾如此地告訴她，「人家都說您年輕時非常美，但我卻覺得您現在最美，一種瀕臨毀滅的美。」他活在她的書中，他看到那個正渡越湄公河的年輕女孩，他愛她的文字超越一切，超過生活，超過他自己。

她死後，他還是那個從 Cean 寫信給她的年輕學生，住在她遺留給他的公寓，繼續給她寫信。他的文字風格與她相像，甚至說話的方式也與她相像。他模仿了莒哈絲那直接並且留白的敘述方式，那種戲劇性及莒式的美感，貧窮之美，極簡之美。他一輩子都要那樣的文字。她死後，他成為作家。

「『您愛我嗎？』她問，他無法回答，她說：如果我不是莒哈絲，您根本不會多看我一眼。他也無法回答。她說：『您愛的不是我，是莒哈絲，是我寫的字。』她撫摸他的臉，那麼用力，他幾乎感到疼痛；他為她洗澡，他為她準備晚餐，很多年，他都以為那將是最後一次，很多年，他都以為他無法活過她的死亡，他甚至也願意與她一起死去。」

莒哈絲死後，他活過來了，他寫了一本書，關於莒哈絲，關於他們之間神祕及無可分離的感情，那些年在黑岩（Roches Noire）區的一棟向哈佛港的公寓，在普魯斯特住過的房子，兩個孤獨至極的人，一種絕無僅有的愛。

隨後，他搬到巴黎，莒哈絲的兒子不滿意母親將遺產多分了給顏・安德列亞，上法庭控告後者篡改了母親的遺囑，但最後顏・安德列亞被判無罪，但他的第二本書的出版卻受到影響，銷路極差。但寫作也是他生存的核心問題，他到此無以為繼，足不出戶，過起幽閉的生活。

在莒哈絲誕辰一百週年紀念日，他才公開露面。幾個月後，他被發現死在巴黎的公寓裡，二〇一四年七月，他被合葬於莒哈絲在蒙帕納斯的公墓墓園。

鳥兒和她說起希臘文

維吉尼亞．吳爾芙 Virginia Woolf

維吉尼亞．吳爾芙（Virginia Woolf，1882-1941，英國）是廿世紀最重要的作家之一，有關她的三個關鍵字便是：女權、同性戀和憂鬱症。中外古今都有很多作家罹患憂鬱症，但我更關心她的憂鬱症，從而思索了憂鬱症和作家的關係，甚至憂鬱症與文學的關係。

我非常鍾愛吳爾芙的小說《歐蘭朵》，一九九四年我編了人生第一支舞向她致敬，由舞者陶馥蘭在台北演出，那也是我人生唯一的舞作。

一九四一年的日記，她寫：

我已確定這次我真的會再度發瘋，我覺得我無法度過再一次的恐怖時光，這一次我不會好了……

然後她走向河岸，將口袋裝滿了石頭，並將手杖留在地上，她走入河水之中。三個星期後，附近的小孩在河水裡發現了她的屍體。

她曾在自傳上透露了許多憂鬱症的由來。吳爾芙兒時跟隨父母住在倫敦市區海德公園附近，她的父母都曾喪偶，從小和異母或異父的兄弟姊妹住在一起，母親是一代佳人，曾為前拉斐爾派畫家擔任模特兒，吳爾芙的父親史蒂芬爵士則是著名文學評論家及傳記作者。

一八九五年吳爾芙的母親突然離世，十三歲的她第一次精神崩潰，二年後，一位姊姊也去世，吳爾芙再度精神崩潰。她後來在《存在的瞬間》（*Moments of Being*）中道出她和姊姊曾遭受二位同母異父的哥哥性侵，或許童年的創傷導致後來的性冷感和憂鬱症？

一九〇四年，父親去世後，她遷居布魯姆斯伯里（Bloomsbury），和幾位朋友創立了同名的文人團體，並且開始專職寫作，最初為《泰晤士報副刊》撰稿，一九一二年和政治理論家倫納德・吳爾芙結婚。三年後，第一部小說《遠航》出版。

倫納德・吳爾芙愛惜妻子的才華，對她照顧有加。他形容她早期的病情：她先是無止無休自言自語了二三天，完全不理會房間裡的任何人，然後，話語逐漸不連貫，甚至胡言亂語……當吳爾芙陷入瘋狂，鳥兒和她說起希臘文，母親也和她高聲談論，她甚至幻聽，聽到有人要她去做「瘋狂」的事情，她不吃不喝，親愛的妹妹和丈夫都變成敵人，她辱罵及侮辱他們。

幸運的是，她的家人理解她的病情，否則，在那個年代，她可能立刻被送到遠地的瘋人院被關起來，吳爾芙一直在家裡正常生活。不過，她丈夫自己在她死前也爆發了憂鬱症，從此也無法再照顧她。

她被譽為現代主義文學的先鋒，以意識流描繪小說人物的潛意識，有人稱她將英語「向光明推進了一小步」。她在文學的成就和創新至今仍有貢獻和影響。

吳爾芙一生對抗憂鬱症的過程相當辛苦。卌一歲那年，她服藥自殺，用藥劑量極大，那時她的鄰居醫生為她洗胃，救了她一命。一九三六年，她在寫給朋友的信中提及：「永遠不要相信我的信，不騙你，寫這信之前我徹夜未眠，瞪著一瓶三氯乙醛，喃喃說著不能，不要，你不能飲用。」

一九四一年三月廿八日，她在自己的口袋裡裝滿了石頭之後，走入了當年在羅德麥爾（Rodmell）她家附近的歐塞河（River Ouse），她留下了一封給丈夫的遺書。死時五十九歲。

音樂

MUSIC

藍儂受到她的藝術影響

小野洋子 Yoko Ono

在歐洲生活，總有人說我和她很像，以前我對她不是那麼理解，只知道是約翰．藍儂的妻子，而我雖聽藍儂的歌，對他被刺身亡感到不捨，但對於我是否和她相像，並沒什麼感覺。後來慢慢發現，小野洋子也是前衛藝術家，作品別樹一格，對她才開始刮目相看，一轉眼，她已是上一世紀的人了。

約翰．藍儂曾經這樣描述自己妻子小野洋子（Yoko Ono，1933-，日本）：「世界上最有名，卻最不為人知的藝術家，每個人都知道她的名字，可沒有人知道她做了什麼。」藍儂和她相戀，為她離婚，二人共同創作，他是絕佳歌手和作曲人，而小野的歌聲並不怎麼樣，在那個年代，藍儂個人魅力也應該歸功於她的塑造，二人為世人留下赤裸的「藍儂洋子」形象，見證了愛與和平。

藍儂認識她前，她便是藝術家，當時他去藝廊看她的作品，想買，但她不賣，藝廊的人說，賣吧，他是約翰·藍儂，有的是錢，她才開始認識這號人物。後來藍儂離開前妻辛西亞和她結婚。他們在一起十一年，一直到他被槍擊身亡。

小野出身日本富家，幼時隨父母移民美國，六〇年代起，她便在文學、哲學及前衛藝術上有大膽及引人注目的表現。出版了《葡萄柚》（*Grapefruit*）詩集及拍了《蒼蠅》（Fly）等短片，幾乎可以與安迪·沃荷相提並論了，但她更擅長製造藝術事件及行為藝術的表現，真是才華洋溢，但少有人知，就像藍儂所說，每個人都知道她的名字，但沒有人知道她做了什麼。

因為光芒全被丈夫掩蓋了，不但如此，人們多半認為她是披頭四分手的罪魁禍首，披頭四的拆夥和她有關係。其實藍儂不但是音樂家，他也對其他藝術很感興趣，他喜歡與他人合作，當時已想往不同的藝術領域發展，和另外三位披頭四當時的心路歷程已有所不同，而藍儂一直是披頭四的主導人物。

唱歌真的不是小野洋子的強項，但她卻與他合唱《二個處子》專輯，又成立「塑膠小洋樂團」，繼續作了許多樂曲，她的樂風與披頭四差異實在太大了，無法相提並論，很可能這是人們常常誤會她的主因，因為這些不成功的樂曲使人忘記她真正的藝術才華。

做為藍儂死忠粉絲，要喜歡她容易也不容易。而做為藍儂遺孀，要活下來，也不容易。她始終活在他的盛名之下，人們很少也很難知悉她的內心，不喜歡她的人仍然認為她只知道拍賣他的所有物，和如何從他的版權裡撈錢。

她和藍儂是真愛，沒有疑問，雖然他也曾發生過數週的「消失週末」，但他回來了。

她對藍儂的愛至死不渝，她說過，「至少有一個人曾經那麼了解我」，那就足矣，一生無憾。

不完美的五嶋綠

五嶋綠 Midori Goto

十一歲時她被祖賓．梅塔發掘，與紐約愛樂交響樂團登台演奏，同一年她也到白宮為雷根總統拉琴。她在七歲時便拉 Bach Chaconne，沒有人相信七歲的孩子會那樣演奏，行家們在聽完錄音帶後都說：她是廿七歲吧？十一歲起，她巡迴世界各地演出，她的演奏歷史長達四十年，曾經是音樂神童的她，今年五十歲，她可能是世界上琴藝最精湛的女小提琴家之一，她叫五嶋綠（Midori，1971-，日本）。

她有一雙細長的鳳眼，姿色並不差，但穿著總是有點那麼不合身。拉起琴來，比別人更投入更熱情，小提琴彷彿是她身體的一部分，沒有提琴，看起來便有點神情失落。她是那種從小在嚴格學琴教育下長大的小孩，從小便要面對完美，她沒有童年，沒有父親，只有一個把拉琴夢想全放在她身上的母親。她母親是個極端嚴格的老師，如果不練習，媽媽動輒打罵，也因如此，她的同母異父的弟弟五嶋龍從小也被塑造為神童，如今也是著名小提琴家。

因為童年生活只有練琴，而且一切必須完美，她說，她再也無法忍受完美這個字了。任何完美的東西總是欠缺著某種真實。當音樂不完美時，它反而更接近完美。

說這話的人是那些樂評家評為琴藝完美的人。以前的樂壇重量人物伊薩斯坦或伯恩斯坦都歡喜和她同台，當今指揮如 Sir Simon Rattle 或 Christoph Eschenbach 都點名要她，她那樣演奏了多年，有一天，卻無法再拉小提琴了。

五嶋綠生於大阪，母親是小提琴教師，五嶋綠三歲便會拉莫札特，她母親以栽培女兒為人生志業，五嶋綠為了討母親的歡心，日以繼夜地練習。母親在離婚之後，對女兒的練習要求轉為更嚴厲。

那些年，練習便是她全部的生活，練習，再練習，不斷地改進，永遠無法更好，先是為了母親，然後才是自己。成名之後，母親還是最忠實的樂迷，她仍然嚴厲，只是不會再摔琴了，五嶋綠的琴是別人提供的無價之寶。她逐漸也是那麼嚴格地要求自己，逐漸像她的母親，她變成自己的母親，心裡總有個母親的聲音在要求自己，她隨時隨地都聽到那聲音。

那聲音問：你練習了嗎？你練習了嗎？那句話變成她的惡夢。廿三歲那年，音樂神童崩潰了。她再也不能拉提琴，她得了厭食症，失眠，頭痛，精神崩潰。她取消了所有的巡迴演出。

整整六年，五嶋綠沒有打開琴盒，她不想拉琴了，再也不想。她寫了自傳，做了無數次的心理治療，她重新上大學讀書，她甚至讀完了心理系。

現在，她又復出演奏。她改變了許多，搬離了母親家，繼續寫作，她把日記或信件貼在自己的網站上，有時也公開她的食譜；她練習拉琴，但也做別的事，譬如做菜、鉤毛衣、寫作、讀書。

她比從前喜歡演奏，也比從前喜歡練習，那是出自心裡的真正意願，雖然她練習時間比以前縮短了，縮太短了。

她失去童年，當她是孩子時，她已經不是孩子，現在她長大了，她終於成為了自己。她成為完美或不完美的五嶋綠。

也是一位特別的公主

史蒂芬妮．格里馬爾迪 Stéphanie Grimaldi

她的名稱是公主，生活多采多姿，但又略帶某種悲劇性質，戀情總是八卦報紙的封面，每一個故事都頗為令人驚動。

史蒂芬妮公主（Stéphanie von Monaco，1965-，摩納哥）的悲劇背景起始於一九八二年的一場車禍。那一年四月，她母親葛莉絲．凱莉和摩納哥親王剛剛結束台灣的拜訪，九月，她和女兒二人駕車飛駛於蔚藍海岸的山道，車禍後她母親殞命，而重傷的她存活下來。

葛莉絲．凱莉是奧斯卡影后及許多人愛戴的優雅王妃，那場車禍是廿世紀重大懸案之一，有人猜測是皇室不肯和義大利黑手黨合作，因而有人在車內動了手腳；也有人說，史蒂芬妮和母親當天有所爭執，母親或許也因此分心駕駛，這個說法被她否認，但命運從此有點坎坷，背負著某種原罪，失去母親的她不過也十七歲，必須度過好幾年辛苦的復健和心理分析生涯。

然後，她先在巴黎當了模特兒，又成為歌星，發表唱片，二首歌一度進入金曲排行榜前十名，甚至和巨星麥可·傑克森一起合唱情歌，但之後巡迴演唱賣票不佳，因此離開了演藝圈。或許她離開也是對的，畢竟雖有美貌和略有歌聲，但動作表情都有一點生澀，應該不是天生演藝人員的料。她轉行開咖啡館和投入服飾業。

那時她都和巨星的兒子談戀愛，像亞蘭德倫或保羅·貝爾蒙多的兒子。九五年，她和保鑣杜開耶結婚，生了一對女兒。九六年，杜開耶當眾在泳池裡與辣妹公開接吻和調情，杜開耶自承中了狗仔隊的美人計，對方故意引誘他，目的是把不雅照賣給八卦雜誌。

總之婚姻大有問題，她火速離婚，但又很快和另一位保鑣生了一個女兒。然後，我們在報刊雜誌上看到一個不尋常的公主，她帶著三個兒女住進住房拖車，她身著便服使用公共廁所，跟著一家瑞士馬戲團到處巡迴，因為她愛上馬戲團的團長克尼。

她戀情不斷，令人眼花撩亂，對象都令人稱奇，諸如皇宮侍者或園丁。再來她與一位馬戲團的體操表演者熱戀，他是葡萄牙裔的貝也斯，她和他結婚幾個月又離婚，離婚的原因不明，也有人說，她又回到前夫杜開耶那裡。

我一直對她好奇，甚過她姊姊卡洛琳公主，卡洛琳太美及單調乏味，所做之事不外參加正式的慈善酒會，不像她勇於嘗試人生。

聽說，她在母親過世後患了憂鬱症，也曾自殘想自殺，但她活了下來。由於和姊姊個性過於不同，卡洛琳鄙視她的生活，看不起她總是有那些帶不出去又不稱頭的戀愛對象，不像自己選對門當戶對的男人。在皇室場合，二人總是避而不見，不會一起出現。時間過去，沒想到，姊姊也和漢諾威火爆王子離婚，結束了人人稱羨的婚姻，人生走到如此，姊妹才稍稍化解了心結。

史蒂芬妮打破了一般人對公主的形象，她的美貌也與眾不同，高大俊美，更像希臘神話人物和雕像，她一直抱著童稚之心，至今還是那麼愛去馬戲團。如今，獻身慈善事業，更不落人後。

降伏納粹的樂聲

阿爾瑪・羅斯 Alma Rosé

阿爾瑪・羅斯（Alma Rosé，1906-1944，奧地利）的故事像一部好萊塢電影，古典音樂評論家理查・紐曼花了廿二年探尋她傳奇如電影般的一生，寫出一本令人驚嘆的傳記。

阿爾瑪・羅斯於一九〇六年出生於維也納，當時的維也納是藝術和音樂之都，而羅斯出身音樂世家，她的舅舅便是鼎鼎大名的馬勒（Gustav Mahler），母親是馬勒的妹妹，一家人都是音樂家，父親是當時維也納歌劇院交響樂團團長，與許多作曲家如荀伯格等都是好友。阿爾瑪六歲起便會拉琴，很快便展現其音樂天賦，不到廿歲便成為小提琴家，在歐洲各城市巡迴演出，廿四歲那年她決定自組樂團，團名取得非常現代，叫「華爾滋女孩組」（Waltz Girls），沒想到一夕成名。

華爾滋女孩組在阿爾瑪的督促訓練下，有驚人的高水準表現，連一向在業界以嚴格出名的阿爾瑪父親也相當激賞，甚至願意擔任顧問，羅斯先生在那個年代是維也納的音樂教父，華爾滋女孩組受到歐洲人的歡迎，在二次世界大戰之前各城市邀約不斷，阿爾瑪也成為樂界閃亮的明星，她隨後嫁給捷克小提琴家普利荷達（Prihoda），但卻很快離婚。

阿爾瑪天生麗質，看起來就像默片女明星，有Diva的架式，琴藝絕佳，婚姻雖不幸福，但追求者眾，人生處於發展的高峰，可說既有才華，又有名氣，一切如願，只是她有一個問題：她是猶太人，隨著納粹的崛起，她與當時幾千萬名猶太人一樣面臨了人類有史以來最殘酷的民族命運。

阿爾瑪的家人開始踏上逃亡之路，阿爾瑪的兄弟後來輾轉到了加拿大，有一個弟弟到現在都還活得很自在。阿爾瑪當時錯估形勢，一直認為自己持有捷克國籍，問題不大，一九三八年，納粹占據奧地利，阿爾瑪才於同年逃亡到倫敦，到一九四二年，她都認為瑞士是中立國，她在那裡住了半年，沒想到卻被友人出賣背叛，阿爾瑪於一九四三年被納粹逮捕，立刻被送到位於奧地利的波肯腦集中營。

但是命運和阿爾瑪開了一個荒謬的玩笑。一九四三年到了波肯腦後，雖是納粹俘虜，但憑著音樂的天才，讓納粹將官驚為天人，得到與眾不同的待遇，據一些當時也在波肯腦集中營的人士回憶，阿爾瑪是唯一獲准保留其皮草大衣和私用品的人，她獨自擁有一間自己的住房，不但有個人浴室，房間裡還有壁爐，剛剛抵達集中營搞不清楚狀況的人還以為她是集中營的高級長官，哪曉得她也是囚犯！

波肯腦集中營的納粹將領決定由阿爾瑪在集中營區裡成立一個女子樂團，阿爾瑪在集中營裡挑選了四十位女性，其中有許多仍是未成年的孩子，這個女子樂團不必參加勞動，只需聚在一起練習演奏，納粹軍官白天對猶太人趕盡殺絕，到了晚上卻出席聆聽阿爾瑪的音樂會，個個陶醉在阿爾瑪樂團的音樂中，視阿爾瑪．羅斯為女神的化身。所有到了集中營的猶太人全部的身分認同只剩下一個刺青號碼，連名字都被人刻意遺忘，只有阿爾瑪走到哪裡都被德國納粹尊稱為羅斯夫人。

一位叫亞妮塔・拉斯卡的大提琴家當時便是營裡的小女孩，她回憶那些時日，認為阿爾瑪刻意救了好幾個女孩。阿爾瑪時時刻刻穿著得體，看起來非常高貴，她從來沒有接受過自己住在集中營這個事實，她從來不問現實生活，日以繼夜地投入音樂工作，在她的帶領下，波肯腦女子樂團的水準連一流樂團也不遑多讓，包括拉斯卡在內的幾位女孩在戰後也都成為著名的音樂家。

不管是好日子或壞日子，一九四四年，一場怪病突襲阿爾瑪，她因食物中毒而一病不起，以猶太人做過許多殘酷醫學實驗的名醫孟爾勒還特別親自照顧她，卻沒有救回她的命，孟爾勒相當惋惜。

因為波肯腦集中營女子樂團只為納粹愛樂迷演奏，多年來也有人非議阿爾瑪的行徑，認為阿爾瑪應保持沉默。但是阿爾瑪並沒有權利選擇自己的命運，也沒有權利選擇自己的聽眾，沒有經歷過集中營生活的人又該以何種道德來評介阿爾瑪？

阿爾瑪・羅斯一身才華卻真是生不逢時，由歷史相片上看來，阿爾瑪在演奏小提琴時表情溫柔亮麗，眼睛清澈明亮，沒有人看起來比她更美，但造化何其離譜，她到頭來卻只能為殘殺自己同胞的納粹演奏！

他們都說他不愛她

鄧麗君 Teresa Teng

那是她最後一趟旅行，在清邁，和一個叫保羅的法國男子，他們都說他不愛她，她的哥哥們也這麼說。因為他比她小十五歲嗎？因為他長髮披肩，是法國人？還是他沒有正式工作，每天無所事事地跟著鄧麗君（1953-1995，台灣）？還是他在她死前不該離開旅館房間，自己出去？而且還有人說，他回旅館後，知道鄧麗君被送醫急診時，沒有立即去醫院，而是倒頭呼呼大睡。

這可能不是事實，因為我們並不在場。他們以為他愛的是錢，或是亞洲十億掌聲的巨星？

他們以為他貪圖豪華生活享受，不但可以住進香港赤柱那棟豪宅，還可以跟著老鄧最愛的歌星到處旅行。

是的，鄧麗君有太多的溫柔善良，美妙的歌聲，動人的演出，「有華人的地方，就有鄧麗君的歌聲」，她有太多的好，這個保羅配不上她，他只有不是，究竟有誰認識他？他陪著到所有的演唱場合，登記為鄧麗君的髮型設計師，但又說真正的職業是攝影師，可惜，他們說，鄧麗君花了二百萬為他買了昂貴攝影機，而我們沒有機會看到他的作品。

她是在法國錄音室錄音時認識他的，因為保羅到錄音室探視他的朋友，那人剛好是錄音室的吉他手，從此闖入了鄧麗君的芳心。

在他之前，其實鄧麗君也談了一些戀愛。她的初戀情人是馬來西亞博彩業大亨之子林振發，只可惜愛情為期不久，他便心臟病突發。之後，也有一些人吧，成龍嗎？他自己說他是大老粗，一點都不懂浪漫，二人在巴黎吃法國菜，他說他不懂西餐規矩，以後要她不准再帶他去，他現在雖說後悔，但其實二人確實不適合，當年不在一起似乎是對的。

至於郭孔丞，那位馬來西亞糖王郭孔丞？那可能是她的真愛。他們訂了婚，但又取消婚約，因為郭來自華人大家庭，他祖母對藝人身分很看不起，要求她婚後退出演藝圈及不與演藝人員來往，鄧麗君的哥哥說，這是她退婚的理由。還是有什麼不為人知的其他因素？鄧麗君可能太愛唱歌，習慣了掌聲，無法忍受為結婚拋棄唱歌的自由，更何況，如果郭先生必須活在這種大家庭的家教約束，凡事聽從祖母，他們未來又有何幸福可言？

總之，鄧麗君的人生發過許多大事，她也成為走遍世界、看過世面的女歌唱家。在護照事件及退婚事件之後，她在香港和日本又紅了起來，更勝以往。而這時整個中國大陸風迷她的歌聲，他們說，「早上聽老鄧，晚上聽小鄧」，但鄧麗君一生從未前往中國演唱，或許她應該去，德國歌星林悟道（Udo Lindenberg）當年也是紅到東德，但他去演唱了，那是西德政府支持的東進政策，正因東進政策的成功，多年後，西德統一了東德。

她受到宋楚瑜的影響，他頒發愛國藝人獎項給她，所以不但沒去中國，反而更去金門勞軍，並從那裡對中國發話，如果中國大陸不實現民主，將永不可能前往演唱。到了八〇年代末，她去了美國和英法，一直都是勤於學習的地球人，天安門事件期間，她支持流亡學生，她去了她最喜歡的城市巴黎，甚至學起法文，買了香榭大道的公寓。

就在這時，她認識了保羅（Quilery Paul Puel Stéphane），年紀比她小十三歲，有什麼不對？沒有。如果不相愛，為什麼會在一起五年？而且是她提出要和他結婚，雖然此事已不可考。我從來都認為他們是相愛的，我也認為他曾愛過鄧麗君。誰不愛鄧麗君。

鄧麗君是英年早逝。那一天她沒逃過死神的降臨，如果那時她的哮喘不發作，或者他晚一點出門，或者她哮喘噴劑一時不要噴那麼多，或者救護車上真的有人懂救護，或者清邁不塞車？或者不去大醫院，就在就近的診所看診？

但是一切煙飛雲散，鄧麗君已是一則華人的巨星傳奇。

像她一樣地唱歌

羅特．蓮娜 Lotte Lenya

如果要唱歌，應該像她那樣唱。

羅特．蓮娜（Lotte Lenya，1898-1981，奧地利）是許多人的偶像，是音樂界的表徵。寇特．懷爾（Kurt Weill）是廿世紀最傑出的作曲家之一，而她是他的妻子。《三便士》歌劇便是她唱的，懷爾為布萊希特的歌劇作曲，而布萊希特是疏離劇場和史詩劇場的大師，三人合作無間，有一天，她忽然問懷爾一個問題：什麼是史詩劇場？可不可以跟我說說？

懷爾說話了。蓮娜，只要是你上台了，隨便你在舞台上做什麼，我都叫它史詩劇場。大師在稱讚她，她不但會唱歌，也會演戲，更早，甚至是芭蕾舞者。

母親是洗衣工，父親是酒鬼，一九二三年，她從維也納搬到蘇黎世，學習表演也試著登台，之後去了柏林，一九二四年，在劇作家朋友葛友克・凱瑟的介紹下，結織了寇特・懷爾，凱瑟要她去火車站接他，二人一見傾心，很快談起戀愛，從此他為她作曲，她為他唱歌。

他其實以前便見過她。她去面試一個歌劇角色，懷爾坐在鋼琴後面，被她的演唱傾倒，但她沒看到他，雖被錄用，但在別人的力阻下，最後沒參加演出。

很快地，她和懷爾結婚，開始演唱他的作品，一直到一九三二年，他們過了幾年快樂的日子，有一天，懷爾在面試男高音時，在場的她卻愛上來應徵的派斯堤（Otto Pasetti），很快便和懷爾離婚，與派斯堤離開柏林，前往法國蔚藍海岸，他們在坎城大賭了一把，把希望全輸個精光，又去了巴黎，也接了一些演唱，但都不是太成功。

派斯堤後來成為納粹文宣部的人，一年後他們的戀情結束，但她又愛上慕尼黑大畫家安斯特（Max Ernst），只是戀情沒維持太長。那時納粹已崛起，有人邀請懷爾到美國工作，懷爾一向是社會主義者，必須逃亡，他和她重修舊好，二人一起去了美國。

一九三七年，懷爾原諒她的過去，他們在紐約再度結婚。她開始在紐約夜店演唱，並且為「永恆之路」巡迴美國各州，也開始演戲，包括電影，如〇〇七情報員的女配角等等，甚至獲得奧斯卡提名，但因為英文口音的關係，她的演出機會很有限。確定的是，她真的是難得的好演員，後來還一度演了布萊希特的《勇氣媽媽》。

那一年，五十歲的懷爾過世了。她隨後三度結婚，和一位美國作家。更隨後，她第四度結婚，和一位小她廿六歲的印象派畫家德威勒，在德威勒四十四歲過世後，她才沒再結婚。曾經是三個男人的寡婦。

懷爾過世後，她開始為他整理作品，重新詮釋演唱和錄音。五〇年代，她返回歐洲，再度上台演唱懷爾的歌劇，雖然嗓音已變，無法再唱出以前的高音，即便如此，後來的人都無法唱出她的風格，也只有她最會演唱懷爾的歌曲。

她成立了懷爾基金會，花了大部分時間去保留懷爾的作品，一直活到八十三歲，死後和懷爾葬在一起。二人傳奇的歌唱戀情，他讓她的聲音不朽，他讓她那樣唱歌。也只有她能那麼唱他的歌。

影視

FILM

啊，伊莎貝爾！

伊莎貝爾・亞珍妮 Isabelle Adjani
伊莎貝爾・雨蓓 Isabelle Huppert

現代法國影壇有二位重要的女星，都叫伊莎貝爾。

一位是伊莎貝爾・亞珍妮（Isabelle Adjani，1955-，法國），另一位是伊莎貝爾・雨蓓（Isabelle Huppert，1953-，法國），我年少在巴黎讀書，那時的我欣賞前者多於後者，但如今，隨著年歲和人世經歷的增長，我的觀感改變了。

在更早之前，還在台灣的我，有一天去士林電影院看了一部《巫山雲》（L'Histoire

d'Adèle H.），從此，伊莎貝爾．亞珍妮在我心中的印象就難以抹去。

《巫山雲》是法國新浪潮導演楚浮（François Truffaut）的作品，彼時我是楚浮的影迷，愛屋及烏，且亞珍妮飾演大文豪的女兒阿黛兒．雨果為愛走天涯，才十九歲的她演出了阿黛爾的果決和迷失，甚至於精神失常，看著亞珍妮在她的角色裡那麼經過她愛人面前而已不再認出他時，心裡真是震驚。空靈、知性、略帶不安定的氣質，被稱為法國第一美人也不為過。她成功地演出那個有病的阿黛爾。

後來我發現，亞珍妮似乎只鍾意此類角色，之後她參與製作並演了《羅丹的情人》卡蜜兒，該片使她入圍奧斯卡最佳女主角獎，但她的演藝事業也僅此而已。確實，亞珍妮很適合飾演追求藝術並痴迷於愛情的女性，她本人未嘗不是？但《羅丹的情人》嚴格說來並非佳片，該片著重卡蜜兒的年輕時代，自始至終，亞珍妮只以完美的形象露出，避過卡蜜兒下半生卌年在精神院度過的悲慘的人生。後來才知道，因為亞珍妮不想以邋遢的病容呈現她自己，她只想呈現表面完美的卡蜜兒。

對顏值的要求，使亞珍妮挑選劇本嚴苛至極，也因此失去了許多重要的演出機會，諸如《危險關係》和《鋼琴教師》。前者是大獲全球好評的電影，蜜雪兒．菲佛（Michelle Pfeiffer）也因此非常風光，後者令雨蓓獲得廣泛注意及坎城最佳女主角獎。

亞珍妮太重視自己的美貌，不容許有任何不完美的鏡頭和畫面，幾於自戀，也使她的演出大受限制。她逐漸以葛麗泰．嘉寶（Greta Garbo）自居，認同德國女星瑪琳．黛德麗（Marlene Dietrich），而這二位好萊塢巨星極度孤僻，嘉寶孤老一生，黛德麗中晚年再也不見人，不但不接戲，除了女傭沒有人看過她，因為她亦無法忍受自己美貌不再。其實亞珍妮的行為和她一模一樣。

六十多歲的亞珍妮一直把雨蓓視為自己的競爭對象，在她的年輕時代，她便花時間注意導演鏡頭下的她好不好看，乃至堅持，提醒記者報導時特別注意，雨蓓的年紀比她大二歲。現在二人相較之下，雨蓓顯得好年輕。

那麼多年，我就住在巴黎，卻沒太大注意伊莎貝爾．雨蓓。她紅髮蒼白，滿臉雀斑，在同一個年代，她演了克勞德．夏布洛（Claude Chabrol）和高達（Jean-Luc Godard）的作品，剛好那幾部作品我不那麼喜歡，也許因此也忽略了她，她一向粗略讓我感受到的是巴黎女人的冷傲。

但對照亞珍妮感性的執迷，現在，她理性的冷漠反而開始使我回味，使我明白，是她，她才是一個真正的演員，她什麼都演，都可以演，她也演了上百部作品。她說，她最不喜歡「可愛」的角色，可能因此她才接有自虐傾向的《鋼琴教師》，她不在乎形象，只在乎挑戰，她的路愈走愈寬廣，毫無疑問，已是當代最具魅力的演員之一。

最近我便密集看了許多雨蓓的作品，我尤其喜歡露芙（Mia Hansen-Løve）導演的新作《愛情未來》（L'Avenir），導演為她量身訂作劇本，她不費力的演出，卻絲絲入扣，飾演高中女哲學老師，突然遇到人生一連串挫折，她以理性面對，冷漠的演出中讓我感受到後中年女子的悲傷和脆弱，演技令人佩服。當然，她在《鋼琴教師》演出情慾掙扎的張力，絕無僅有，更是她從影以來的代表作。

雨蓓不但演電影，也接演舞台劇，雖然她認為其實二者是不一樣的事。她和戲劇大師威爾森合作維吉尼亞．吳爾芙（Virginia Woolf）的《奧蘭朵》，也演了一些實驗性劇場作品；相對地，亞珍妮接戲愈來愈少，只常見緋聞，雨蓓結婚卅多年，從未有過私生活的報導，最多便是她和女兒一起合拍電影。

亞珍妮曾和攝影師薩依德・紐登結縭，育有一子，後來她僱用他當導演拍了《羅丹的情人》，她隨後和奧斯卡影帝丹尼爾・戴－路易斯（Daniel Day-Lewis）陷入戀情，戴－路易斯在她懷孕時和她分手，並與美國名作家亨利・米勒（Henry Miller）的女兒瑞貝卡・米勒結婚。此事嚴重傷了她。

亞珍妮情史不斷，追求者不乏其人，她在受訪時提起，但看起來卻像炫耀：馬龍・白蘭度和華倫・比提多年追求她。她不是太在乎，甚至把馬龍・白蘭度送給她的一面鏡子和一把小刀（據說是提醒她勿自戀），送給了崇拜白蘭度的西恩・潘。好可惜，她愛的人多半都拋棄或利用她。

更可惜的是，亞珍妮荒廢了自己的演技，前幾年，她也出來演舞台劇，但仍然在演她原來的樣子，只是，更濃的妝，更胖的身材。

啊，原來二個伊莎貝爾，性格不同，人生不同，所演的電影也不同。一位是想演戲的演員，另一位是大明星。

她不只是大明星

梅莉・史翠普 Meryl Streep

演員有二種，一種是演自己，不管任何角色，他都是自己的樣子；一種是演別人，他會在每一次演出，讓人忘記他本來的樣子，因為他化身為他演的那個人。第二種演員很少，梅莉・史翠普（1949-，美國）是難得少見的第二種演員。

從小看電影，看過很多電影，好幾部我喜歡的電影都是她演的，她總能在每部她演的電影中傳神地詮釋她演的角色，令人不得不對她的演技印象深刻。

要來談談表演。我學過表演，也當過導演，我在很多場合總是提到她，她是一個非常特殊及傑出的例子。她可以跨時代、跨地區、跨領域及跨性別地演出，紐澤西州出生，可以模仿美國中部人、澳洲人、英國人、義大利人、愛爾蘭人的口音，不一而足，模仿口音是一件事，但有誰能一邊模仿口音，而同時完全從頭到尾入戲？

再看一遍《蘇菲亞的選擇》就知道了，她演一個會講德文的波蘭人，以英語、波蘭語和德語演出，她演的蘇菲經歷二戰集中營的浩劫，她不但講德文，且講的是有波蘭口音的德語。她那細膩有心理層次的演出，撼動了半部現代電影史，並得了奧斯卡最佳女主角獎，實至名歸。該片導演艾倫·帕庫拉認為，史翠普一次又一次在鏡頭前，讓他感到驚喜。

等而下之的演員能把台詞講完就不錯了，等而上之的演員能忠實傳遞劇本台詞，真正的演員是借靈魂說話，這才讓人震驚。

譬如她在《法國中尉的女人》演出那麼投入，情感那麼細膩，不但是臉部表情，連手都在輕微抽搐；又或者《麥迪遜之橋》裡住在愛荷華的義大利裔寂寞家庭主婦，她究竟如何揣測模仿那農婦般對外面的世界無知和好奇，而逐漸與雲遊四處的攝影師陷入戀情，真是有戲，精采。

演員是世上最神祕的職業之一，不像其他藝術形式都需要器具，表演者只有自己的身體。

演員多半都是天生的，雖然史翠普自承年輕時沒想過當演員，而更是歌手，我從她身上得知，演員必須會觀察和模仿，最重要的是，必須擁有無盡的想像力，去想像真實。

畢業於耶魯大學戲劇系，她說，其實表演沒有一定的方法，東學西學，到要表演時卻全用不上，反而是舞蹈和歌唱課給她更大的啟動力，畢竟都是要用到丹田的力量，也因此知道如何運用自己的身體。她也說，從早期的甄選到現在，每次開鏡前還是會緊張。

我喜歡她，因為她謙虛，她這麼自嘲：我一直假裝我是一個重要的演員，我裝得太像，所以我被誤以為真的就是了。她也說，演員這個職業更適合女性，因為社會環境，女性從小就必須假裝。

她從前在高中時代，就因為想贏得男生的喜愛，很會假裝自己是一名默默深情等著男生的女孩，後來，她在《越戰獵鹿人》中也演了這樣的女子，她說，男生雖喜歡她，但其實女生都恨死她了。後來，她決定做自己，她其實個性也很強悍頑固，正像穿著PRADA的惡魔。

我還喜歡她，因為下了戲，在眾人面前她能誠實自在地表達自己，就再也看不到她的假裝。她說，她對有問題的人（pain in the ass）特別好奇，她會對那些人特別有興趣，而演員最大的樂趣，就是去發揮自己的同理心，把有問題的人表演出來。

因此，她對藝術和人生有這麼貼切的一句：拾起你破碎的心，把它做成藝術吧！（Take your broken heart and make it to the art.）真是對藝術工作者最好的鼓勵。

史翠普廿六歲才拍第一部電影，算起步得晚，而且她最好的作品多半在八〇年代就拍完了，隨後的卅年內，她拍了許多不同類型的電影。她是幸運的，因為她已得過二次奧斯卡最佳女演員獎，最近也得到金球獎終身成就獎，她因此更可以憑自己喜好去嘗試更多角色。

看得出來，她不是一個只想當明星的人，她在很多場合充分表達自己的對政治和人權的看法，不管是為女性演員爭取同工同酬，或者不同意總統模仿身體有障礙的新聞記者，呼籲改善新聞的品質。華語界電影明星雖不少，但就少了像她這樣有思想、有立場以及擅長運用影響力的明星。

希特勒的愛人

萊妮・里芬斯塔爾 Leni Riefenstahl

萊妮・里芬斯塔爾（Leni Riefenstahl，1902-2003，德國）過世了，她不但是希特勒所愛的女人之一、納粹美學精神代表、最具政治爭議性的歷史性人物，也是百年來最重要的攝影家、導演和演員。

萊妮・里芬斯塔爾集才藝及美貌於一身，少女時期以舞藝聞名，隨後投入電影事業，她自導自演的電影《藍光》受到希特勒垂青，從此為希特勒拍攝文宣片如《奧林匹克運動會》或《意志的勝利》。她體力過人，是二次大戰前傑出登山家，為了攝影，五十歲深入非洲探險，七十多歲開始去澳洲學習潛水。有人形容她的一生關鍵字是希特勒、珊瑚與非洲。

萊妮．里芬斯塔爾被納粹領導人捧上第三帝國的天堂，但在二次大戰結束後卻墮入地獄，被迫出席戰後審判聽證會，四十場官司，隨後隱居慕尼黑，度過廿年貧困生活，對自己為納粹黨拍宣傳片一事至死沒有悔恨也無良心不安，她的說法千篇一律，半世紀以來從未改變：「我對崛起時期的希特勒印象很好，我不知道他會仇殺那麼多猶太人。」一九三六年至三九年為希特勒拍攝的《柏林奧運》及《納粹黨集會日》是「純粹的紀錄片，不是宣傳作品」。「我是藝術家，對政治並不清楚。」她甚至說：「我對真相沒有興趣，我只對美的事物有興趣。」

萊妮．里芬斯塔爾畢生獨身，但崇拜者無計其數。納粹領導人戈伯爾暗戀她，甚至在私人日記裡記載對她的欽慕，連希特勒也想一親芳澤，有一次甚至趁機吻她，但她說她對領導人並無興趣，外界只知道她在七十多歲後有一個年紀小她一半的男友。

萊妮．里芬斯塔爾一生相當奇特，她的美貌和才華使其人生際遇充滿變數。戰後她因成為眾人指責對象，避居慕尼黑，從此過著隱姓埋名的生活，一直到六〇年代她才重新拾起相機，彼時，她深入非洲，拍攝非洲土著，以純粹美學觀點記錄土著胴體，那些照片美得驚人，令人不敢忽視她的才華；八〇年代她遠赴澳洲潛水拍攝海底世界，留下不同凡響的海底生物紀錄。

她早年作品雖遭人質疑具政治動機，矛盾的是，作品中成就的納粹式美學典範，至今無人可以超越。多年來，許多流行文化如MTV攝影作品，如廣告攝影，甚至在廿一世紀的運動攝影中，都無人能超越她的成就，她的作品一再被模仿、重現、再造。她留下絕無僅有的藝術影響，但現代人完全遺忘了她的名字。

記得她名字的人至今沒有停止對她的攻擊，包括她早期拍電影時，因需要吉普賽演員，獲得納粹許可，到集中營找到幾個臨時演員，其中一個叫溫特的猶太女演員，在戰後存活下來。溫特及她家人至今仍不停抨擊萊妮．里芬斯塔爾，指她當年利用她們，電影拍完後便將她們丟回集中營，溫特度過極悲慘的一生，她對萊妮．里芬斯塔爾在戰後的說法：「我並未歧視猶太人，我也不知道希特勒後來那麼歧視猶太人，我自己便有猶太朋友，有的人還和我拍過電影。」尤其不滿。

萊妮．里芬斯塔爾最近接受訪問時自承，她個性率真，且一生只活在自己的藝術追求中，內心世界沒有任何政治動機，她不會玩弄任何人，但她是個絕對自我中心的人。在面對藝術時，只有「自私」的投入，因為對她而言，藝術遠勝於其他。她的說法道盡她的人生與納粹不可分割的無奈，另一方面，仍有不少人認為，藝術家應該要為政治負責，她的說法只是替自己為納粹當殺手脫罪。

萊妮．里芬斯塔爾一生的評價爭議不休，但她的藝術成就已成為經典，這點將無人可超越。

德國奇女子

萊妮・里芬斯塔爾 Leni Riefenstahl

這位一代德意志奇女子（1902-2003，德國），活過一百零一年，也活過世人少有的傳奇人生。她的人生真的精采、奇特、瑰麗以及詭異。

我不諱言自己對她的興趣，我深受她那強烈的個性和少有才華吸引。

至於她是否為納粹分子，她自己說，「她並不仇恨猶太人」，她也有猶太朋友，甚至起用猶太演員，但她認識的猶太朋友卻毫不留情地批評她，「只會利用別人，成就自己」。當年她確實找來猶太演員，但電影拍完，她又把他們丟回集中營。也有從集中營倖存回來的猶裔人士氣急敗壞地說：她的罪惡之大，將之剮千刀都不為過！

我曾住在慕尼黑史坦伯格湖畔，我是她的鄰居。我曾多次經過她家，從湖這邊眺望她的住處，我曾坐在湖邊西西公主旅館的咖啡座喝咖啡，因為她也在這裡喝咖啡。我總是在回想她的一生，她做對了什麼？又做錯了什麼？

做為一代藝術家，她的命運未免過於離奇古怪。那麼多年，德國境內媒體不敢提起她的名字，她的名字沉重，陰魂不散，而國際媒體都說她是不死的納粹、希特勒的幫兇。死時還被人說活該，早就該死了。

如果她的攝影風格是法西斯式美學，她的法西斯美學卻無孔不入，影響了當代無數的藝術家。

我在想，那年她若沒遇見希特勒，她的人生會如何？

里芬斯塔爾在二次大戰時與一位軍官相戀，並火速結婚，但婚姻只維持三年，畢生獨身，但崇拜者不計其數。納粹領導人戈伯爾暗戀她，甚至在私人日記裡記載對她的欽慕，連希特勒也想一親芳澤，有一次甚至趁機吻她，但她說她對領導人並沒有興趣，外界只知道她在七十多歲後有個年紀小她四十歲的男友。這位男友是多年的攝影助理，也照顧她無微不至，直到死後感情不渝。

里芬斯塔爾的美貌和才華，使其人生的際遇充滿了變數。

戰後她因千夫所指，避居湖邊，過著隱姓埋名的生活，直到六〇年代才重新拾起相機。彼時，她深入非洲，拍攝非洲土著，以純粹美學觀點記錄土著胴體，她說，拍攝土著並非賣弄公關或做慈善，是因為她愛上非洲，從照片便可看得出來，她愛上非洲原始之美，之後，她也多次造訪非洲，九十八歲那年，仍乘坐直升機至肯亞探視朋友及取景，直升機空難墜毀，她卻大難不死，肋骨倒是斷了幾根。這次空難使她肺功能受損，否則她很可能可以活更久。

她總是有令人驚訝又戲劇性之極的際遇。是她那獨幟鮮明的個性和命運的多舛，所以成就她傑出的藝術？或者她的天才給她帶來爭議不斷的人生？

八〇年代她遠赴澳洲潛水拍攝海底世界。其實，那時她已七十一歲，為了拍攝海底動物，她才開始學潛水，她證明了自己不只是偉大的登山家更是一流潛水員，年輕時，她以拍攝高山電影（Bergfilm）名聞一世，年老後，又以潛水攝影占盡攝影雜誌的篇幅。

她便是里芬斯塔爾。不管你喜不喜歡，你可以質疑她早年作品的政治動機，但她的藝術成就，至今無人可超越。

多年來，她的作品一再被模仿、重現、再造，但現代人幾乎忘了她的名字。記得她名字的人至今沒有停止對她的攻擊。德國傾左權威媒體如《南德日報》甚至在她死後仍不肯鬆口或停止對她的批判。

藝術家與政治應該保持什麼樣的距離？在希特勒崛起的年代，舉國人民幾乎全數以領袖為榮，里芬斯塔爾只是其中的一位。支持納粹當然大錯特錯，但當年支持者在戰後卻口逕一致地指責里芬斯塔爾罪不可逭，這種態度當然也很可笑。

歷史是公平的嗎？我也曾問過。和里芬斯塔爾一樣在戰後爭議不斷的，還有一代哲學家海德格（Martin Heidegger），在我看來，海德格的哲學成就也一樣無人超越，一生風光的法國哲人沙特，其實多少有抄襲海德格之嫌，但海德格後半生也因曾是納粹黨員而飽受攻擊和詆毀。

里芬斯塔爾曾在另一個訪問中自承，她個性率真，一生只活在自己的藝術追求中，內心世界沒有任何政治動機，她不會玩弄任何人，但是個絕對自我中心的人。在面對藝術時，只有「自私」的投入，因為對她而言，藝術遠勝於其他。

是嗎？我情願相信是的。因為最終我明白，雖然藝術絕不該為政治服務，但藝術便是藝術，作品可以說明一切。還有，我必須說，我們已無從判斷她捲入納粹的恩怨是非，我並非里芬斯塔爾的美學信徒，做為女性，我欣賞的是她那過人的決心和魄力。我看重的是她自始至終忠實於自己的創作。

對我而言，她一直是那部《藍光》的導演和演員，那部拍於希特勒之前的默片，那時的她是最美的她。之後的她，被塗上各種顏色，或恐怖，或無知，她得到納粹的榮耀，從此有著不堪的一生。她是女神，也是惡魔。

這位德意志一代奇女子！

希望，瑪麗蓮！

瑪麗蓮．夢露 Marilyn Monroe

我曾經因為她的容貌而忽略她的演技，後來，我才知道我錯了，她演技絕佳，因為她那動人的演出風格便是她自己。

一代英國著名演員和導演勞倫斯．奧利佛說過，當她拍他的電影時，總是遲到，而且遲到甚久，每當他給她解說演出指示時，她看都不看他一眼，只望著她那時的新婚夫婿亞瑟．穆勒，他那樣和她拍起電影，心裡極為惱怒，只能一次又一次地要求她重來，但她並不為所動，仍然按照自己的方式演，直到導演奧利佛只好放棄。而當她離開，而他重新審視那些演出畫面時，他才知道，她的演出完美無瑕，她從頭到尾都是對的。

她一直是對的，她會演戲，她是諾瑪・珍・莫泰森，後來取了藝名瑪麗蓮・夢露（1926-1962，美國）。時至今日，已是性感符號、流行文化的女神。

而當年，她是在降落傘工廠當檢驗員時，被一位攝影師發掘，為她拍了一些照片，為了鼓舞美軍，她從此成為美國士兵的夢想對象，隨後和福斯公司簽約，拍了二流影片，鏡頭大部分被刪，或者只剩一句台詞。那是早期，後來境遇完全不一樣。她結過三次婚，但一直不知道誰是真愛。當然，她無法知道，愛她的人無數，包括前美國總統甘迺迪。只是她無法愛自己，一個無能愛自己的人，終身將活得很辛苦，至少比一個自己愛自己的人辛苦得多。

也許她深愛大作家亞瑟・穆勒吧，至少她崇拜他。百老匯暢銷編劇、左傾前衛的知識分子，她為了他做了許多事，乃至為他的前妻付贍養費，她為他買了名車，他也回報她一個劇本，做為情人節的禮物，但劇名叫《不合時宜的人》。不合時宜的人？

亞瑟・穆勒第一眼看見她便說，「我要定了這個女人。」那是一九五六年，穆勒在結婚戒指上刻下「現在即永恆」，而她在結婚照上寫了三個字，希望，希望，希望。

但希望終究落空。她付出一切，但無法為他離開毒品和戒酒。要怪他嗎？結婚幾年後，他的脾氣開始暴躁，再也無法忍受她的神經質，她日日抽菸喝酒吸毒，使他很快決定了離婚，他不想再過如此不健康的生活，他無法愛一個自毀的人。

從小不知生父是誰，連母親都不歡迎她的來到，不但曾經想過墮胎，並且一生下來便將她交給別人撫養。在別人家長大，一直到七歲，母親週六會來看她，但從不擁抱也不親吻，也從來沒有笑容，母親像陌生人，她以為，自己也是陌生人。

而從小沒有母愛的孩子，不會知道愛是什麼，因為母親是這世上第一個應該愛他的人，如果母親不這麼做，這個孩子將很難知悉什麼是愛。也因此，孩子也不會明白如何愛人。

這究竟是誰的錯？她母親雖然沒愛過她，但誰愛過她母親？何況，她母親精神失常，是精神分裂者，啊，人生之中，有什麼比自己的母親是瘋子更艱困的事？而且她似乎遺傳了母親的基因。

瑪麗蓮的盛年殞落讓人嘆息，才卅六年的生命，一身的演藝才華，但或許也被困於她的容貌和人們給她的符號？或許真的愛她的人是她的前夫迪馬喬，他為她料理後事，並且在她過世後的廿多年間，每週三次去她的墓前獻上玫瑰花。

政治

POLITICS

連瑪丹娜都崇拜她

伊娃．裴隆 Eva Perón

艾薇塔輝煌燦爛的人生，如此短暫，如此令人哀傷。

近七十年後，不只是阿根廷人，全球各地許多人都仍然懷念著她。歌劇作曲家韋伯的那首歌幾乎每個人都會唱，連瑪丹娜都崇拜她，演過她。

伊娃．裴隆（Eva Perón，1919-1952，阿根廷），人稱艾薇塔，她是阿根廷的精神和文化表徵，是窮人家的孩子，是演員歌手，是演講家，她是勞動階層及窮苦人的偶像，她是第一夫人，也是阿根廷的國母。

艾薇塔美貌無雙，既聰明又有才華，十六歲離家到首都布宜諾斯艾利斯尋求事業發展，演戲和唱歌，主持廣播節目，很快成名，她本可就是一枚巨星或萬人迷，但一九四四年一月，她遇見胡安．裴隆上校，與他相戀，這次相遇改變她的一生，也改變了阿根廷的現代史。

隔年，她和裴隆結婚，再隔年，裴隆順利當選阿根廷總統，她是最佳選戰輔選人，選民很可能都投了她。她出任勞工部長，並且致力於婦權，要求女子投票，她為「無衫」者（Descamisados）發言，魅力超過裴隆，她比他更有策略和洞見。

艾薇塔那充滿感情和遠見的演說，尤其在羅薩達陽台那場，誰不被她感動？那時裴隆的支持者逐漸增多，執任的總統將他逮捕入獄，就在羅薩達陽台前，艾薇塔那戲劇性的發言，激發卅萬市民團結之心，她不但成功營救被拘捕下獄的裴隆，也從此改變阿根廷的國家命運。

當然也有人恨她，那些布爾喬亞和軍政人士，在那婦權尚未興起的年代，她太巨大，太勇敢，又太傑出，再加美貌，似乎太多了點。她紅顏薄命，卅歲起，多次在演講時昏倒。

她身體狀況出了問題，身體和心理開始疼痛，是哪位庸醫？先是判斷為盲腸炎，割掉了盲腸，但仍然疼痛，她以事業為重，完全沒時間看病。是誰？胡安．裴隆，她的丈夫？從紐約請來醫生，為她動了前腦葉白質切除手術（Lobotomy），那挖腦手術在當年很流行，多半用來治療精神病患或長期疼痛者，後來大家才知道此手術的荒唐。她的陰道大量流血，不得不求助婦產科，但時間已晚，後來才知道，原來她的子宮頸癌已進入末期。

胡安．裴隆不告訴她實情，是為了連任選戰？怕她的病情影響選舉？怕她無法承擔癌症的心理負擔？現在無從得知。

但她和胡安．裴隆有數年的美滿婚姻，雖未生兒育女，使人流言蜚語，認為似乎從未行房。裴隆曾抱怨她並非處女，即便他自己是二度婚姻，她曾給他寫過情書：請忘卻我的過去吧。他們二人在政治事業上合作無間，常到國外拜訪，俘獲國際間普遍好感，也改變了阿根廷過去給人的法西斯形象。

一九五二年是阿根廷最黑暗的夏天，阿根廷人無法接受她的過世，她已成為阿根廷的身體與靈魂，從此，阿根廷得度過無數傷痛和療癒。人們記得她死前說過，請不要為我哭泣。

她也說，「我會回來，化身成為千千萬萬的你們。」是的，我們知道，她早已經回來。

在軟禁中度過大半人生

翁山蘇姬 Aung San Suu Kyi

她的前半生鼓舞了我。讓我看到，只要堅持不放棄，我們一定可以改變，像她那樣最不可能改變的改變。她讓我覺知，改變的必要和可能；她讓我相信，我們也可以改變，就算我們微不足道。

當然，她從一開始也不是那麼微不足道。不過，多年過去的日子中，她多半是自己一個人，她以為她早已經和世界失去聯繫。

其實不是，她只是不知道有多少人從來沒忘記她，從不，從來沒，多少人長期譴責緬甸政府，在全球各地，許多人為她走上街頭，包括許多溫和虔誠的和尚。

她自己也是佛教徒，她說過非常多次，並不想從事政治活動，更想寫作，但她也說了，既然已參加了，就不能輕言放棄。

她是翁山蘇姬（1945-，緬甸），前緬甸獨立軍領袖翁山將軍的女兒，父親在她二歲時被無情暗殺。她在仰光出生長大，後來，母親出任駐印度大使，她跟隨母親到印度讀書。再後來，她到英國留學，就讀牛津大學，認識了丈夫亞利斯，結婚生子，一直在那裡住到一九八八年。

就在那一年，她母親病了，她決定返回緬甸，照顧母親。她在仰光成立了民主聯盟，八月廿六日那天，在首都第一次發表演講，敵人放話要暗殺她，她不為所動。那一天的演說撼動人心，但那並非來自技巧，而更是出自她的真誠。她是真誠的，她為緬甸發聲，說服了絕大部分的緬甸民眾，他們尊稱她女士（Daw Aung San Suu Kyi）。八九年，她被軍事政府拘禁，隔年選舉，雖未出面競選，但民主聯盟黨得票率高達百分之八十，只是軍事政府不交出權力。

她因此成為軍事政府的人質，多少年，陸陸續續被軍事政府軟禁，她持續為緬甸爭取人權和民主，但失去了個人自由。她那樣過了許多年，沒有親人的陪伴，與外在失去聯絡，成為孤島。我想她曾一度失去信心，失去理智，她一定問過自己：一切所為何來？

一九九五年，他們解除了軟禁，也允許她出國，但她再也不肯離開祖國，她知道，一旦離開，就意味永遠與祖國斷絕關係，再也不可能回來。而她心繫於此，不忍拋下國人。她早已家離子散。我無法想像她的孤單，還有英國丈夫亞利斯，她的靈魂伴侶和革命情人，不知他們是如何度過這樣漫長分離的日子？

八九至九九年，十年之久，他們只見過五次面，最後一次是九五年。隔年她又被軟禁，然後亞利斯罹患癌症，四年後撒手人寰，她沒見他臨終一面，只能化小愛為大愛，在仰光獨自苦苦支撐著緬甸人追求民主和人權的唯一機會。她是否掙扎或煎熬？或者，她的大愛已超過個人的痛苦？

翁山蘇姬說，「讓人腐敗的並非權力而是恐懼，因害怕失去權力，掌權者起心動念，因而腐化。」僅僅這樣簡單深入的見解，便足以讓我們反躬自省，緬甸也是我們心中的那面鏡子。

她擁有的不只是政治家的智慧，而是人性的光輝。九一年，她得了諾貝爾和平獎，但無法親自領取，多年後才得以前往北歐。她在頒獎典禮上發表演講，一如以往，她那漂亮的牛津英語，那感人至極的說詞，她那麼真誠，又有誰會不理解她的心意？

而她一開始便說，曾經在兒子還小時，她和他開了玩笑，她說，有一天或許她會得諾貝爾文學獎。而她沒想到，最後得到的是諾貝爾和平獎。

德國媽咪

梅克爾 Angela Merkel

轉眼間，一個時代又過了。梅克爾（1954-，德國）在執政十六年後不再參選下屆總理了，梅克爾要走了。

最近在記者會和公開場合看到的她總是慈眉善目，笑逐顏開，彷彿已經準備卸下擔子，準備好好過退休生活。

梅克爾是在二〇〇五年接任德國總理，在那次大選辯論中，她還被對手施洛德嘲笑是「每週日去教堂的村婦」，但是，她險勝後，連任了四屆十六年，多年已是全球最具權勢的女人。

在德國不少人叫她「媽咪」（Mutti）。

我在她初上任時也曾覺得她了不起，為文讚賞過她。她冷靜理性，生性又那麼節儉，麵包掉在地上都可以拿起再吃，現在想想，不知是否有做秀嫌疑，不過她擅長於處理危機，被稱為危機總理也不為過。

現在十六年過去了，重新檢視她，她的冷靜是不是過於冷漠了？她確實在黨內外也搞過權謀算計，至少她非常會把案子擱置一旁，讓事情濫掉，該走的人自己就會走。不知道是ＥＱ高還是ＩＱ高，又或者是二者。

檢視過去，我覺得比較嚴重的問題是她過於以民意做為執政方向，這說明她為何能多次當選。但以民意做為依歸，並不是政治家唯一該努力的事，有時，這種依附關係也相當危險，大家都知道，希特勒時代全國的民意就只有五個字「希特勒萬歲」，但最後結局是四百萬猶太人喪生，二次大戰更不知死了多少人。

舉二個例子。一是福島核災之後，她順依民情，宣布廢核，但其實嚴格說來還沒　備好，十年來，廢核的腳步緩慢，非核能源電也不足，到最後還是得向周遭的國家尤其是法國買核電，仍然變相在用核電。可是法國的核電廠緊緊捱著二國邊境，如果有核安問題，德國自己立刻遭殃。

另一個例子是難民潮時一口氣收納一百萬難民，她那時對全世界保證：是的，我們有能力收容。真是大國泱泱作風！

難民來了後，沒有什麼配套措施，增加社會問題，強烈支持她難民政策的華特·呂貝克邦長（Walter Luebeck）甚至被反對收容難民的極右分子開槍射中頭部，當場死亡，算是在後納粹以來，最驚人及大宗的謀殺案。

以德國的政治結構來看，在當今德國社會，要一黨獨大已經不可能了，所以她總是和不同的政黨媒合，這就涉及許多政治妥協和讓步，當她的基民黨（CDU）邦長甚至必須與根本是右翼民粹主義政黨的德國另類選擇黨（AfD）共組聯合內閣，問題不可謂不大。

德國政府自從和台灣斷交後，立場總是親中，這其中以社民黨的施密特和基民黨的梅克爾最為偏袒。施密特老遠前的事就不說了，梅克爾為了德國的汽車工業在人權西藏新疆和台灣問題總是支吾不答，這一點我可以做證，多年前我在柏林駐外記者會上幾次當面問她，不回答就是不回答。

梅克爾也算是奇人，物理系畢業，從「一隻東德灰老鼠」，一介東德女生，一路跟著前總理柯爾，走過德國統一及歐盟統一，政治生涯輝煌，歷史上絕對會有好幾筆。

她在帶領歐盟期間，在美歐俄中日之間，拿捏算妥當，從歐債危機開始，關關難過關關過，怎麼說她的分數都還算及格。她走後，德國甚至歐盟會如何發展，在疫情急速變化中，還看不出德國未來領導人可能是誰、會走什麼方向，但梅克爾中間偏左的執政方向，會不會移向右邊，這才是最令人擔心的，因為右翼民粹主義政黨（AfD）在各邦民意顯然大幅上升，總之，答案九月大選就會揭曉。

梅克爾的世代結束了。

厭食症的公主

戴安娜王妃 Princess Diana

我關注戴安娜・史賓賽（1961-1997，英國），在她的世紀婚禮上為她雀躍，又在她接受ＢＢＣ記者 Bashir 訪問時，目瞪口呆，「是的，我們三人的關係確實擁擠了些，」她說的是查理王子的情人卡蜜拉，原來公主一直是外遇受害者，也是厭食症患者。

她逝世近廿年了，Netflix 也推出了《王冠》影集，其中便有一集詳述她的厭食症。

我現在重新回味這個人，對這位公主也有與以往不同的感受。

如果不是因為她太高了（一七七公分），說不定今天她還活著，而且是一位成功的舞蹈家？

至少，是舞蹈老師吧。

但她小時候相信了芭蕾老師的話，放棄舞蹈。學校老師記得，她那時在學校的表現都不好，只有舞蹈、音樂和騎馬及游泳表現優異，所以後來她選擇去擔任幼稚園老師，也不是沒道理，因為看不出她有什麼專長，但當然要肯定她對兒童及弱者有高度同情心。

現在看起來，皇室代言人真是再適合也不過了，早在八〇年代，她做了許多傳統公主不會做的事，在卡內基劇院表演，在白宮和約翰·屈伏塔合跳熱舞，在人們認為愛滋病會經接觸而傳染的年代，她就經常牽著愛滋病患者的手，讓他們感受溫暖而不是被社會遺棄。爾後還到戰爭現場安哥拉，她穿著牛仔褲，走過地雷區，告訴世人，戰爭有多殘酷，住在地雷區的人有多麼無辜和不幸。

她那略微低頭及害羞的面容，外加高貴優雅的舉止、獻身社會工作的表現，讓世人逐漸愛上了她。也有人說，她絕非是一個沒腦的名媛，她不但了解社會對她的觀感，且擅長操作媒體，乃至自動放話給媒體。事實是，狗仔隊徹頭徹尾一直圍著她團團轉。到最後，人們都說，是他們害死了她，人民的王妃！

人們不了解，這麼美麗動人的王妃，為什麼得不到王子的心？人們也不理解，是個性有問題，還是人生際遇太差？或者二者皆是。不停吃，不停吃，吃到吐為止？那可能是她生活裡唯一她能控制的東西，而她沉溺於與查理王子的關係，已經到了偷聽電話、有控制狂的程度。一些空洞的週末，在肯辛頓宮，威廉和哈利到父親那裡去了，她一個人看肥皂劇，找靈媒上門或和占星專家不斷地電話聊天，她怎麼都不明白，為什麼她的夫婿會一直愛著那個年紀比她大上許多且其貌並不揚的女人。她一直想知道如何翻轉她的命運。

只是，從來沒有靈媒告訴她，她是一個短命的女人，一生所愛不得其人。

害死她的是她一向缺乏的安全感吧？六歲被不忠的母親拋棄，九歲又被一心只想要個兒子的父親送去寄宿學校，從來她都是恐懼不安的。她尋求查理王子的安撫，但誰可以給她安全感，如果她自己沒有？查理對她那無止無盡的歇斯底里表現很厭倦，他需要的是一個可以理性溝通的女人。

她確實是一位極富魅力的女子，也是盡職的王妃。皇宮感受到壓力，似乎她受到的愛戴大大超過他們，她甚至在電視訪問中抱怨皇室的傲慢與偏見。從來沒有這樣的王妃，從來沒有，對他們而言，她簡直是放肆透了。

那些年，她和查理的舊情人卡蜜拉爭鬥，但她也和馬術教練偷情，然後她結束十五年的婚姻，她看起來快樂許多，不再咬指甲並且暫時戰勝厭食症，因為她愛上巴基斯坦裔的心臟科醫生哈斯納，一個與她完全不同文化的人，肥胖，抽菸，喜歡吃垃圾食物，但他醫術高明，專心工作，不但對英國社會文化，且對她事事都得受到矚目一事並沒有太多好感。但她對他一往情深，陷入瘋狂的迷戀，她常常奪命叩，他躲進車子底座偷偷在管家的隱瞞下進入皇宮，她不告訴他便飛到巴基斯坦去他父母家找他，並希望和他結婚，生二個女兒。

但哈斯納無法下決心和她結婚，是受不了她的追蹤和控制慾嗎？還是回教文化家庭畢竟也有不同的社會文化考量？黛安娜的不安全感成為自己的婚姻絆腳石，也成為她的宿命，如果哈斯納果真和她成婚，或許她就不會和那位無所事事的小開多迪．法耶德在一起了，或者就不會和多迪死於那場車禍？

但有誰早知道？命運難知，死神在那一年的夏天，和她面對了面，像她弟弟說的，狗仔隊的追逐要了她的命，但如果法耶德的司機不吸毒的話，也許也能平安度過。

她統治了國王的心

龐巴度夫人 Madame de Pompadour

九歲那一年，她母親帶她去算命，那算命的人說，她可不是一般人，她未來將統治一位國王的心。

果真如此。很可惜她母親無緣看到算命者的預言成真。或者，這是她自己編說的故事，為了擊退國王其他的情婦和她的敵人？那些叫她燉魚（Poissonade）的人，他們嘲笑她原名是魚（Poisson），但如今大家稱呼她龐巴度夫人（Madame de Pompadour，1721-1764，法國）。

那麼多年，她一直是皇帝的最愛。一個小貴族的女兒，十九歲嫁人，生兒育女外，一直過著自己想過的生活，年輕丈夫因此受不了她的浪漫和奇想，但她無所謂，很快地在巴黎成立了文化沙龍。

她聰明有才華，雖不是絕世美貌，但氣質出眾，非常會跳舞，據說還會雕刻和彈奏那時的擊弦古鋼琴，且她總是有辦法讓畫家將她畫得更美，以如今的語言，她很早便知道什麼叫美圖及公關。後來，她更是發揮天賦般的本領去當了情婦，而且不是別人的情婦，是國王的情婦。

法國國王路易十五在外聽到她文藝沙龍的名聲，也移駕前往聆聽，對她留下深刻印象。於是她千方打聽，知道國王何時何地去狩獵，佯裝巧遇。一七四五年，路易十五果真邀請她去參加他的化裝舞會，他裝成一棵樹，她裝成牧羊女，路易十五很快脫去樹皮，和她攀談，那一夜算是他們的定情吧！

其實，當時她也知道，他正在為他第二任情婦剛剛過世而情傷，她正好就在那時擠進他的生活，很快便離了婚，並正式到皇宮拜訪國王，成為他的新情婦，他給她名號，為她買地，後來，他讓她處理外交和政治，甚至還和奧地利外交官簽了《凡爾賽合約》。

文化是她的專長，但政治與外交並非她的強項，《凡爾賽合約》的簽訂是引發後來七年戰爭的主因，搞得整個西歐民不聊生。但她真的有文化涵養，比誰都更適合做文化部長，和大文豪伏爾泰是好朋友。她資助大作家迪德羅去編寫那套當時絕無僅有的百科全書，雖說後來被禁。她自己不但會編劇，並且審美觀極高，對許多當代洛可可（Rococo）風格的設計也提出了許多想法。她很懂建築，巴黎協和廣場便是她的設計。

最重要的，她安撫了國王的心，因為國王喜歡瓷器。因為她絕佳的品味，國王把香提利的瓷廠搬到了塞爾夫，離她的住處更近，等同讓她接管皇家瓷廠。法國瓷器本來無法和德國薩克森麥森瓷廠競爭，只因法國人一直沒找到高嶺土，不知如何製造硬瓷，只能低溫燒軟瓷。

但她非凡的品味改變了塞爾夫瓷器。因為她要求瓷廠工人不要再畫那千篇一律的中國花鳥圖，當時的中國風（Chinoiserie）已經過度流行，歐洲人只亦步亦趨地學中國人畫瓷，她是第一個開展法蘭西風格的始作俑者，成功地塑造了法國瓷器性格，那樣的大法蘭西情調，一度在市場價格超過德國的麥森，雖然只是軟瓷。

從此，塞爾夫瓷廠成為麥森的勁敵，不可一世，這必須也歸功她。

不過，統治一個國王的心可能容易些，統治一個王國可能就沒那麼容易了。

冰凍的謊言

魏笛絲 Vigdís

一九九五年六月底，北歐處於永晝季節，冰島夏夜只有攝氏七度，夜裡飄起細細的雨絲，濃濃的霧籠罩在雷克雅未克附近的山丘上，總統府女祕書打電話一直為冰島不佳的氣候道歉，她說：「對不起，冰島沒給你好天氣。」

這位貌美長得有點像Björk（我喜歡的冰島女歌手）的女祕書說，她的祖先是維京人，古早時代可能去過中國，反正她有東方血統，她像許多歐洲人一樣，崇尚東方文化，去過亞洲度假，聽說過台灣是個好地方。

那一行，我是約好來訪問冰島女總統魏笛絲（1930-，冰島），那也是我一系列的國家專訪計畫的開始，在她之後，那些年，我總共訪問了近廿位國際領袖。彼時，台灣媒體國際化年代早已宣告展開。

然而，沒有人料到，短短十數年間，這個年代又驟然宣告消失。那一年起，台灣的外匯存底排名已逐年下滑，沒有人料得到，中國大陸來勢洶洶，轉進成為世界經濟強國。而台灣的經濟優勢盡失，失去了可用的外交籌碼。

九〇年代，台灣錢淹腳目，曾有德國公民致信到我駐德代表處，讚揚台灣的經濟奇蹟，並請求無息高額貸款。那一年，魏笛絲在英文報紙上常讀到許多關於台灣的報導，台灣捐大筆款項給聯合國（儘管聯合國從不理會台灣加入觀察員的申請）以及台灣付巨款動員公關公司遊說，李登輝總統並且到美國訪問。

第二天一大早，我與一位肥胖的冰島攝影師僱車來到位於首都雷克雅未克外圍半島的總統官邸，一座古老城堡式的平房建築，車子直直開進大門口前，一個年輕工人正在鋤草，看見我們走過來，只說了一聲「嗨」便走過去將門打開，沒有警衛，沒有管制，任何人都可以直接走進來。

冰島總統府的平民作風令人欣賞，而且總統沒有遲到，一點都沒有。她甚至提早多時去化妝。有趣的是，她在擔任總統以前是劇場導演，跟我一樣。她後來告訴我，出來競選總統是她人生最戲劇性的轉折。

環顧她在屋裡陳列的照片：與英女王伊莉莎白二世及菲立普親王的合照，與布希總統及柯林頓總統的合照，琳瑯滿目，而她一再氣質高雅地出現在照片中。她似乎很適合出任總統，而和其他的總統見面閒聊，可能便是總統最重要的工作之一？是的，可能是的。可惜我們台灣的總統卻一直沒有機會做這些事（有的話，是多年後陳水扁急著唐突拉第一夫人蘿拉的手）。

訪談過程中，魏笛絲總統幽默感十足，但也頗為謹慎，尤其在談到雷根及戈巴契夫時（冷戰結束前首度會談便是在第三國冰島舉行），她停頓了一下，嚴肅地說，是的，他們來過，就坐在你現在坐的這張椅子上，但「我從來不提及別人的私事」，那是因為外界曾經傳出過她的緋聞嗎？她相當崇拜美國總統雷根。

訪談中，她的腰桿挺得很直，態度也很誠懇。訪談後和我緊緊握手，離開前還和我眨了一下頑皮的眼睛。她說，這是她生平第一次接受中文媒體的正式訪問。她又說：「如果你把訪問稿寄給我，我會一字不漏地拜讀。」說完哈哈大笑，解釋她將把訪問稿寄給駐北京的冰島大使館，請他們翻譯。

當年，她當選冰島總統時，德國報紙說她是女性主義者；英國報章報導她離婚的事情；而瑞典媒體甚至說，又是一個巨胸無腦的金髮美女，等著看她搞什麼名堂。

我對她的印象整體還不錯，她的氣質出眾，法語和英文都講得很漂亮，畢竟是女人出來當總統，我心裡其實很支持她。但既然為台灣媒體專訪，提問難免也會提到台灣。

要怪只能怪她對兩岸問題太不清楚了，而又缺乏政治人物的警覺。

訪問文隔二天登出來了。當天清晨，在睡夢中，我家電話響了，是那位像Björk的祕書，她說，你的文章登出來後，路透社也跟進報導，中共駐冰島大使已致電總統府抗議了。

那天的路透社是引用我的訪問，訪問上說，冰島女總統魏笛絲歡迎台灣總統李登輝前來冰島訪問。報社引用了我的訪問報導，並把這句話當成頭版頭條新聞，不但台灣，世界各地不少報紙也都轉載出這則消息。中共大使氣急敗壞要求澄清，女總統也急了，她不知道和台灣總統私下見面會有這麼嚴重。訪問時不在場的女祕書說，總統絕對不會這麼說，她要求我否認這件事和道歉。

但這不是等於要向世人昭告，我前一天的新聞是自己編造的嗎？不，我堅持我沒寫錯，更沒有必要道歉。女祕書生氣地掛了電話。我沒想到的是，政客說謊，這位氣質高雅的女總統也不例外。

接下來，冰島總統魏笛絲對路透社駐雷克雅未克的記者表示，那位台灣女記者的英文差，她一定是聽錯了，「我從來沒有說過我歡迎台灣總統來訪。」她並暗示，此位記者寫稿動機可疑。

看了路透社的報導後，我頗為震驚。現在是總統與我之間的戰爭了，有誰會相信我？我一夜無眠，想來想去，我得好好保留當天的訪問錄音，那是我唯一的武器。

還好，有人不相信政客，一位冰島電視台新聞記者輾轉得知，特別來電採訪，我把實情說了，冰島記者當下便和我商量，他打算坐下一班飛機到慕尼黑來訪問我及取錄音帶，「魏笛絲並非第一次說謊，我們不能坐而不視。」我心裡很安慰也很慶幸，終於有人打抱不平了。

就在那位記者即將出發的前一刻鐘，我的長官同事打電話來請我阻止這件事。因為當時仍健在的聯合報發行人王惕吾先生反對我將錄音帶交給冰島電視台，理由是這一年兩岸正處於緊張多事之秋，中共解放軍已將飛彈布置在沿海對準台灣，王惕吾先生不希望，兩岸關係因任何小事而擦槍走火，引發任何危機。我遵照了王發行人的意旨。此事件沒幾天便像許多重大新聞成為明日黃花宣告落幕。

多年後的現在，重新審視此事件，感觸良深。

當年，是魏笛絲無知嗎？或者是，國際間開始認知台灣問題是多麼無解？在中國勢力逐漸增長的同時，台灣的影響力便相對顯得愈來愈有限，經不起試探。但有必要隱瞞真相嗎？

無論如何，冰島女總統魏笛絲說了謊。

社運
SOCIAL MOVEMENT

人權
HUMAN RIGHTS

高貴的作者弗洛拉

弗洛拉・特里斯坦 Flora Tristan

如果近代政治社會史上有什麼女人讓我敬佩，那其中之一肯定就是弗洛拉・特里斯坦（Flora Tristan，1803-1844，法國）了。她是真正的先驅，馬克思早年的著作思想其實是來自於她。可惜，馬克思大名鼎鼎，而她早死且沒沒無聞。

弗洛拉的言行是社會主義理論的濫觴，對日後的社會發展有極大的影響，她不但是十九世紀最重要左派人權運動者，也是女權思想的發動人，沒有她，就不會有後來的馬克思。馬克思和恩格斯不但讀過她的書、去過她的沙龍活動，還公開讚揚了她下鄉去和工人對話的勇氣和做法。他們受到她的工人聯盟思想極大的啟發。

她是一名勇敢至極的女權主義者。一八〇三年出生於法國巴黎，在那個風起雲湧的時代，隨後爆發法國大革命，但女子仍毫無人權可言，弗洛拉一生卻四處旅行，以自身性命為人權伸張。在那樣的年代，弗洛拉真是個徹底的「危險女子」。

弗洛拉的父親來自智利阿雷吉帕的望族，是西班牙海軍上校，家族在智利南部的政治影響力深鉅。弗洛拉一家人在巴黎過著富裕生活，但四歲那年，她父親過世了，不但未留下遺產，反而留下債務。從此她和母親陷入貧病交迫的悲慘世界。

但弗洛拉從來沒放棄過她自己，她從小打工（也學跳舞），學會手繪瓷器藝術，在母親的逼迫下，她嫁給店家老闆夏在爾（Andre Chazel），從此又步上一段不幸的生活，生了三個孩子，但丈夫賭性成疾，不但將財產一夕輸光，還逼迫她賣淫。

她一生都在為爭取自己的人權奮鬥，包括身分和遺產、離婚及孩子的撫養權。她沒得到身分，儘管人都到了祕魯，她還是個私生子，也沒得到該有的遺產。離婚，最後爭取到了，但不久她也死了。

在那個少有女性旅行的年代。弗洛拉一個人到智利去尋找父系家人，雖然未爭取到身家權利，但見證了祕魯動盪不安的後獨立時期，也寫了她的遊記《女賤民的朝聖》。而她多年為一英國人家擔任家傭，好幾次也為了工作到倫敦居住，遂有《倫敦漫步》一書。

在那個時代，離婚是巴黎社會鮮少的事，因不堪虐待，她遂上訴法院，為了逃離前夫的監控，她帶著女兒流亡，居無定所。整整十三年，弗洛拉不但堅持離婚，並指控夏在爾性侵自己女兒，夏在爾顏面無光，一八三八年九月的某一天下午，他在巴黎當街開槍射殺弗洛拉。

弗洛拉活了下來，從此在醫院度日，最後還是不敵肺結核病，但她打了廿年的官司贏了，終得離婚。

弗洛拉不但爭取女權，也爭取工人的權利，她一生以自己做示範，主張女性可以出外工作和離婚，報酬也應該合理，她寫了《工人聯盟》那本書，下鄉一個城鎮一個城鎮去拜訪工人，連法國女大作家喬治桑都是她的信徒。那本書於一八四三年出版，第一年只賣四千本，隔年便賣到二萬本。

弗洛拉的短暫生命，一直是一個人與整個世界抗爭，從出生起便是如此，用盡力氣對抗社會體制，才終於得以離婚。一個人不但要逃躲前夫追殺，還得養活三個孩子，失敗的婚姻，不穩定的經濟狀況，隨後病了，一生可說只有悲慘二字。

但弗洛拉始終還是沒放棄。她所做的是那麼有理，一百五十年後，女性至今仍無法同工同酬，女性在工作環境上仍遭受歧視，包括一些民主先進的國家，像在德國，女性主管和男性主管的比例是一比十，但誰也無法改變這個決定，包括女總理梅克爾。

她是如何走過來？在十九世紀的歐洲社會，很多女性做夢也不敢離婚或離家出走，而她卻堅持到底，是自信心足夠？自我感覺良好？或者那堪稱美麗的外表也多少幫助了一些？

我曾多次想過，弗洛拉從來沒灰心喪志過嗎？從來便不在乎那些漫漫長夜？一次又一次孤單的旅行？

我知道，她早已回答了這些問題，她是以她一生的生命回答。

法國印象派畫家高更（Paul Gauguin）是她的外孫，他後來在她死後這麼提到他的外祖母，「她是一個奇怪的女人，她是個無政府主義者……極可能不會煮飯，但她是一個非常特殊和迷人的女子，也是一位高貴的作者。」

秋風秋雨愁煞人

秋瑾 Qiu Jin

我住在東柏林，附近有個羅莎・盧森堡（Rosa Luxemburg）地鐵站，有一次站在這一站等車時，我想起秋瑾（1875-1907，中國）。

二人都是近代民主革命志士，也是近代傑出的女性，出生於同一時代，秋瑾原名秋閨瑾，東渡後改名瑾，自稱「鑑湖女俠」。

小時候在教科書上讀到秋瑾的故事，雖有感受，但因為各界對她的評價全圍繞她的愛國心，我不明白所以然來，因此沒在我心上留下深刻的印象，最多也只是她那一句：秋風秋雨愁煞人。

現在回想，以現代人的生活觀和價值觀來看她，做為那時代的女性，她太奇特了。

在那樣的時代，絕大多數女人還綁著小腳，雖被迫如此，但少人會反抗，她不但反抗了，還自稱女俠，為自己取個別號叫競雄。她甚至自資留學，乃至真的參加革命，革起命來，真的犧牲自己的性命，在所不惜。

在那個年代，以她一介女子，蔑視封建禮法，以身作則，提倡男女平等，常以花木蘭、秦良玉自喻，性豪俠，習文練武，酷愛男裝，她積極投身革命，比許多男性先烈不遑多讓。在那個不知女權為何物的年代，她要做出那些決定，不但與家人斷絕關係，並且也被鄰里視為瘋癲怪物，遭人恥笑。但她義無反顧。

羅莎．盧森堡是德國馬克思主義政治家、社會主義哲學家及革命家，也是德國共產黨的奠基人之一。功績轟轟烈烈，同樣為理想捐軀，二人都是先驅，但秋瑾的革命之路可能更為艱辛，畢竟中國民情落後於當時的歐洲許多。

盧森堡於一八七〇年出生，比秋瑾早生五年，出生於俄國占領下的波蘭一個猶太人家庭，她原是社會民主黨理論家，後移居德國柏林，並加入德國社會民主黨（SPD），是黨內的社會民主理論家。被多次關押仍不屈不撓，羅莎．盧森堡起草了德國共產黨黨綱，之後被逮捕，遭到嚴刑拷打並被殺害。

我以為，秋瑾之所以壯烈，與其性向又有關。她是如何覺知自己的性向？她又如何開始愛上武術穿男裝？又怎麼會寫出這樣的句子：身不得，男兒列；心卻比，男兒烈！

她嫁入官宦之家，生育了二個兒女，隨夫入京後，可能才開始面臨自己的性向問題，但究竟是如何發現？是誰讓她發現？甚至是誰讓她義無反顧地走上革命？甚至犧牲性命？

一九〇三年，秋瑾與吳芝瑛結拜，中秋，秋瑾身著男裝到戲院看戲，轟動一時。不久，秋瑾離婚，變賣首飾籌集資金東渡至日本，積極參加留日學生的革命活動，與陳擷芬發起共愛會，和劉道一等組織十人會，加入馮自由和梁慕光受孫中山委派在橫濱成立的三合會，並受封為「白紙扇」。

當時，她發現身著男裝更讓她感覺良好？當時她發現自己更喜歡女性甚至男性？而她是否曾經那樣愛過？是否因為無法那樣去愛，所以她對自己的生命也再無法珍惜？

讀她的軼事，有些事令我會心微笑。一次她返家向親戚索錢搞革命，那些親戚平常對她便不友善，當時，她拿出一把刀，大喝一聲，親戚只好奉上錢來。

而她曾經結褵的丈夫比她小二歲，不但對革命沒有興趣，對詩書也沒有興趣。

她是怎麼樣覺醒過來？國家與身體，革命，革什麼樣的命？

這些都是我感興趣的問題，我對秋瑾和羅莎．盧森堡都感興趣，但對秋瑾多一點，那一次，我是站在羅莎．盧森堡地鐵站內等車時，我開始想。

誰是愛莉絲・史瓦澤？

愛莉絲・史瓦澤 Alice Schwarzer

提起愛莉絲・史瓦澤（Alice Schwarzer，1942-，德國），幾乎沒有一個德國人不認識她。從前，她的曝光率幾乎不下於德國總理柯爾，儘管如此，德國各界對她的褒貶卻十分不一致，她不只是一個咄咄逼人的女人，更是一位劍及履及的女性主義者。

一些缺乏修養的大男人對她的論調總是十分不滿，一提到滿頭金色亂髮、扁平臉上戴眼鏡的她，「難怪女性主義者總是沒有男人愛」。要不然則將她當成哥兒們，不把她當女人看待，而多位長期與她相處的女同志也大聲呼籲：「救救你自己，千萬不要靠近愛莉絲！」但是，同時卻也有成千上萬的女性一致同意：謝謝愛莉絲，沒有她長期的努力，今天的德國女性可能仍處於更不平等的地位。

愛莉絲・史瓦澤一九四二年生於德國北部一個小村鎮，母親在一段始亂終棄的關係中，生下了她，並因嫌惡而將她交予她的外公外婆撫養。外婆暴戾如暴君，而外公卻對她溺愛有加，或許因此造成她日後性別思想有別於常人。一九六四年，商業高中甫畢業的愛莉絲隻身赴巴黎學法文，隨後就讀索邦大學及展開其新聞特派員的生涯，之後的幾年當中，親身經歷了左派學生運動並受到西蒙・波娃的影響，發願終身致力改善德國女性社會地位的平等。

一九七〇年愛莉絲回到德國，隔年，她說服了數十位女性現身說法：「我墮過胎！」大篇聳動的訪問及照片刊載在著名的《星球雜誌》上，引起社會一陣騷動不安。這便是她展開的第一次女性主義行動，兩年後，她甚至在德國電視上公開「月經規則術」的祕密，在當時對墮胎觀念非常保守的德國社會再次造成轟動。

一九七七年，愛莉絲創辦了全德第一家女性雜誌《艾瑪》（*EMMA*），標榜是「女人辦給女人看的雜誌」，創刊號全球發行共賣出卅萬本，令當時的媒體界頗為稱奇，時至今日，發行量仍維持十萬份。愛莉絲強調，《艾瑪》雜誌不僅只是女性另類雜誌，更是綜合性的高級文化雜誌，多年來致力說服女性放棄非理性態度，以更多的女性自覺及積極立場爭取自身應有的權利，不但反對為男性服務的色情雜誌及色情錄影帶，更反對大男人以攝影機將女人普遍塑造成玩物形象。

《艾瑪》提醒眾多甘願在男人面前做出楚楚可憐狀的女性，勿自淪於男人權勢遊戲下的角色，色情是男性發明出來取樂自己、貶抑女性的娛樂，女性不該配合這種歧視自己性別的活動。愛莉絲多次公開向女人大聲疾呼：「蔑視女性的毒性就存在我們女人自己的血液裡！」但她也認為，雖然排斥女性主義聲浪與日俱增，無論如何，幾十年來，女性主義已為女性爭取了更多的權利，而今天女性之所以在不少的領域中仍為「次等公民」，其中，「更多責任還是在於女性自己身上」。

愈來愈多的女性雖然支持女男平等，但也堅持表示「並不是女性主義者」，愛莉絲說，所謂「新女性」不但高學歷，也有高薪工作，不但如此還得買菜帶孩子，做的其實是雙倍的工作，她認為「新女性主義」其實是「女性主義」最大的誤導。其次的副作用是，大男人有色眼光的詮釋：「好吧，妳讀過很多書，妳也有妳的事業，但是昨天妳在床上卻不一樣喔！」

除了不鼓勵新女性的超時工作，愛莉絲對九○年代以降的「新女孩」（Girlie）也極為反感，她說這群仿瑪丹娜的「新女孩」，除了講究新潮穿著及注重享樂外，沒有任何的政治思想及人生主張。愛莉絲說，許多女人除了歧視自己的性別，對建設自己及實踐自己毫無興趣，此外，大部分的女性或女性主義者的組織能力不夠，是女性主義緩滯不前的真正阻力。對愛莉絲來說女權無法伸張，女性主義敗於極差的組織力上，她埋怨：「任何小菜果農的組織力都比女性主義者強太多了。」

她也指出，德國完全沒有女性主義可以依循發揚的傳統，不如美國社會在自由主義及個人主義的強烈孕育和影響下，女性主義很容易找到一大片可發展的空間，從過去的凱特．米列（Kate Millet）到今天的希拉蕊．柯林頓皆有脈絡可循。

愛莉絲認為，德國社會的保守不但與過去歷史有關，也與極右派納粹時期對女人的漠視有密切關係。反彈，女性主義已死？愛莉絲也不同意所謂女性主義在九〇年代遭到反彈（Backlash）說，她表示，女性主義反彈說早在七〇年代底便有徵兆發生，其實反彈說的真義是反革命，也就是主張不正面迎擊，而在暗中反撲。不過，愛莉絲也感嘆，她與《艾瑪》為「反色情」奮鬥多年，然而色情娛樂事業不但未消止，反而愈來愈猖獗及普遍，過去的《花花公子》

對女性的描繪仍止於唯美的裸露，而今天的色情雜誌的女性形象簡直退化至動物的等級，幾乎所有的女人都一副性飢渴的樣子，令身為女同性戀的愛莉絲深感不值。不但如此，只消觀察服裝界的男設計師如何裝扮女生，媒體雜誌出現的女性形象又是如何，便明白為何「女人，你的名字是弱者」。

不管女性主義有沒有「反彈」說，《艾瑪》雜誌在一九八〇年底由週刊改為雙週刊，雖非營運不善，但是影響力確實不如從前。在德國，有男人嘲笑，看看愛莉絲，你會知道為什麼女性主義走不下去；而愛莉絲也充滿自信地回擊，就算全德國男人都認為我最醜，我也得繼續為女性爭取權利。

愛莉絲不但是女性主義者，也是雜誌社社長及新聞工作者，她更是暢銷書作家，一九九一年德國綠黨創始人佩特拉．凱利和她的情人雙雙自殺死於寓所，引發愛莉絲對雙自殺的探索（希特勒和伊娃．布朗也是雙自殺），藉有利及可靠的資料，討論女性在愛情關係中所扮演的角色，成為多年的暢銷書。此外，她也是電視訪談節目最常出現的人物，她犀利的談吐常常沒有人能招架，有人問她，「妳認為誰是妳的談話對手？」她指名道姓說是《明鏡》週刊創辦人奧斯坦，奧斯坦是德國最具權威的媒體人士，是一個男性。她雖點名了奧斯坦，但奧斯坦並不願意答腔，她也不以為忤，反而下了節目還和奧斯坦說說笑笑。有人對她說，女性主義運動早已死了，在德國只剩下兩個人還沒放棄，一個是你，另一個是六〇年代以脫衣服起家及不反對雜交的共產主義者的歐伯瑪雅。

誰知愛莉絲卻很幽默地問：誰是歐伯瑪雅？

捨愛莉絲其誰？

愛莉絲．史瓦澤 Alice Schwarzer

在談愛莉絲．史瓦澤（1942-，德國）的新書《女性的屈辱與勳章》之前，不如先談談她的傳記。傳記人人會寫，但沒有人像史瓦澤一樣，一出便是兩本。在今年度，德語出版界為她出版傳記，一本幾乎在為她造勢，表揚她提升德國婦女地位的貢獻；一本則貶抑她的為人處事，譏諷她的女性思維，一位曾經是同事的女作家，也是她的敵人，在書中對她展開謾罵，並警告大眾：「小心，遠離愛莉絲！」從這兩本傳記不難窺出，德國社會對女性主義大將愛莉絲．史瓦澤的確呈現分歧的看法。

一九九七年由 Kiepenheuer & WItsch 出版社出版的《女性的屈辱與勳章》（*So Sehe ich das!*），收集的是廿年來愛莉絲在《艾瑪》所撰寫的文章。這卅三篇文章詳細呈現史瓦澤的女性主義觀點，反映德國社會及時事，也是史瓦澤至今所出版最具代表性的女性主義論述。

在《女》書中，史瓦澤陳述了幾個重要的主題：父權社會中女性所扮演的受壓抑的角色、德國社會及歷史中極右仇外者對外國人（猶太人）的迫害、反色情、反激進原教旨回教教派對女性的醜化和貶抑，及無條件支持自由墮胎等。這些主題足以代表德國近廿年來政治與社會的轉變，史瓦澤的觀點也理直氣壯、咄咄逼人。

其實，這些主題在更早之前便是七〇年代女性運動的訴求，與德國綠黨的政治立場更相去不遠。若以新一代女性主義思想來檢驗史瓦澤，則《女》書觀點略嫌老化，並無新意。無論如何，《女》書中一些文章仍在德國境內引起極大的爭議。

史瓦澤女性觀點的爭議性在於其對女性地位的看法。依循傳統女性主義，史瓦澤仍將女性置於受害者的地位，甚至平行地將猶太人置於德國歷史中，以強調二者受害地位的相同，突出（德國）父權社會的法西斯思想。對史瓦澤而言，仇外與敵視女性的思想幾乎沒有差別。但新一代女性主義者急於重新定位的便是女性在兩性中是否真的扮演受害者的角色？一些新女性主義者甚至認為，女性在兩性關係上是主控的一方，「女性是受害者」乃是傳統女性主義者自我催眠的咒語。

另外，史瓦澤的反色情的立場，使其女性主義言論充滿禁慾色彩。史瓦澤有意區分藝術及色情，她在分析紐頓的攝影作品中，指出紐頓利用女人的身體，以「那種不正常的性愛虐狂的幻覺」來創造及販賣攝影藝術，她更進一步在另外一篇文章中批判女攝影家萊姆斯做為「新女性」的新樂趣，充其量只是模仿男性剝削女性的手段。

但弔詭之處正在於藝術與色情之間界線如一線天光，米開朗基羅的雕塑難道沒有色情？反色情是否意味將走上禁慾？史瓦澤的觀點遭到挑戰，因為新一代女性主義者認為，兩性對性的態度及差別必須認清，性既然是權力，女性只有學習去駕馭它，而不是逃避它。

做為讀者，《女》書有一些觀點令我難以理解，這裡只舉一個例子：一向支持妓女不遺餘力的愛莉絲，在談到米亞·法蘿及伍迪·艾倫的離異事件時，突然將箭頭指向「不顧廉恥」的順宜，並說，順宜是一個在「美國大兵建造的國際妓院國家」街頭討生活的小孩，暗示讀者順宜從小可能便是雛妓，「又如何的墮落」，史瓦澤的白人女性主義觀點是否有雙重標準？就算順宜以前是雛妓（可能她不是），史瓦澤又如何能因她接受一個如養父般的老男人追求，便攻擊對方墮落及不知廉恥呢？伍迪．艾倫並不是順宜的養父。

愛莉絲．史瓦澤曾經抱怨，女性的組織能力太差，她注重的是女性之間的團結，以期共同在男權社會中爭取一個更「像人」的地位。史瓦澤不但是女性主義者，更是理想主義者，精神可嘉，捨愛莉絲其誰？

她走在歐巴馬前面

羅莎・帕克斯 Rosa Parks

如果沒有她，就不會有前美國總統歐巴馬。

如果沒有她，很多人一定不能想像半世紀前美國的種族歧視，毫無人道的種族隔離。那時的美國，在公共場合包括大眾交通工具，黑人沒有權利與白人共處，就像一些我們聽過的標示「華人與狗不准進入」，除了白人，其他族裔人士都是二等公民。

那是什麼樣的時代？什麼樣的社會？人不是人，只因為不同的膚色。

一九五五年十二月一日，在阿拉巴馬州，一位黑人女性，在搭乘公車時，因拒絕司機的指令，讓座給白人，而遭司機報警，隨後被警方逮捕。爾後引發了影響美國歷史甚鉅的民權事件，這項聯合抵抗蒙哥馬利公車運動擴大全州及全美國，影響力日增，民權領袖馬丁・路德・金也在此運動引起注目，成為人權領袖。

她是羅莎・帕克斯（Rosa Parks，1913-2005，美國）。多年後在回憶當年事件時她說，「那一天是平常無奇的一天，唯一奇特的是，所有的黑人團結了起來。」在她之前，也曾有幾位黑人因未讓座給白人而遭送警，引起官司訴訟，但從未引起什麼注意，這一次，她一坐成名，有人因而評價她：你是通過坐下去，而站了起來。她成功地占據了一個公車座位，她成為占據者的先驅。

其實，這事早有淵源。後來她在自傳裡寫了，兒時，學校巴士不准載運黑人學童上課，她每天走路上學時，都會看到巴士呼嘯而過，上面坐了白人學童，那時，她已意識到二個世界的不同，白人的世界和黑人的世界涇渭分明。一九四三年某天，她已搭乘過同一位司機的公車，她上了車付了費，但這位白人司機不准她從前門上車，要求她下車從後門重新上車，這也是阿拉巴馬州的民法規定，黑人搭公車得從後門，於是她下了車，但是這位司機卻不等她上車，便立刻將車子開走，那一天是大雨天，她只好在大雨天走路回家。

是的，事件不足為奇，她並未做什麼大逆不道的事，只是「坐著」，但這件小事卻改變了美國民法和歷史。那一天，她其實不是坐在白人預留座位，他們四個黑人是坐在「有色人種區」的座位上，只是愈來愈多的白人上了車，司機要他們挪出座位讓給白人乘客。他們三人都站了起身，唯獨她不肯。

司機報警，她因此被捕，而後，抵制該市公車的運動如火如荼，愈捲愈大。隔年，該訴訟案在法院開審，白人司機布萊克在庭上說，「我沒做什麼，我只是在執行城市公車的規定，那該死的公車上站滿了白人，他們幾個黑人卻坐在座位上，動也不動。」這種說法現在聽來刺耳，在當時已習以為常，但法院最後宣判終止這項不人道的民法規定，從此，美國人權邁上一大步。

她出身在平凡的家庭，幼年身體不好，父母失和，由母親撫養長大，為了照顧生病的母親和祖母，她不得不中斷學業。十九歲那年，她嫁給民權人士雷蒙．帕克斯，帕克斯是民權組織活躍成員，也成為國家有色人民進步會（NAACP）支部的祕書，但誰也沒想到，一個簡單的拒絕讓座事件會燃起全美國意義最重大的社會事件。

羅莎．帕克斯因此成為美國人權之母。

慕尼黑白玫瑰

蘇菲・索爾 Sophie Scholl

他們長得那麼好看，簡直就像電影明星；他們才廿歲，都是大學生，卻不畏懼犧牲自己的生命。而這世界因他們二人的死亡而完全改觀，從前，在他們所處的世界似乎沒有愛和勇氣，他們二人付出一切，讓後來的人知道，是的，世界並不是這麼冰冷無情。

這二個改變世界觀感的人是索爾兄妹。二人在一九四三年二月廿二日被納粹絞死，因他們在地下推動反納粹宣傳。

蘇菲・索爾（Sophie Scholl，1921-1943，德國）死前仍不後悔，她寫信給友人：這是一個美好及陽光璀璨的日子，可是我卻必須離開人世，但是與那麼多無辜死去的猶太人相較，我的死又算什麼？

據執刑的人後來回憶，蘇菲．索爾當天打扮得整整齊齊，面不改色地走上絞刑台，她只喊了一聲：自由萬歲！哥哥跟她一樣也走上絞刑台，也說了同一句話。

我剛到慕尼黑時，常到慕尼黑大學去借書，那時我的男友在那裡上課，我們走過大廳時，他停下來說，你看，蘇菲．索爾當年便在樓上那裡往大廳分散傳單。我想像那傳單飛落的畫面，我知道蘇菲．索爾那時參加的反納粹地下組織叫「白玫瑰」。

後來我結了婚，丈夫也告訴我，他曾演過一部德國名導演帕西．阿德隆的電影，影片就叫《白玫瑰》，他演的是蘇菲．索爾偶爾會抽菸斗的哥哥韓斯．索爾。

多年後的現在，有人重拍了白玫瑰的故事，我才重新想起，我才明白，當年的德國社會服從權威，沒有人有勇氣反對希特勒的暴行，多少人知道事情不對，但寧願過懦弱的生活，要去反對希特勒，那簡直就是去找死。

一九四三年就有那麼幾個年輕有為的人寧死也要說出真相。他們說：我真的不知道死是如此容易。但死也是如此難啊。他們聚在一起，本來是一群知識菁英，經常聚會討論書和思想，也對藝術十分醉心，常去聽音樂會和看歌劇。他們本來可以繼續過那樣的生活，畢業後就是醫生或教授，但他們沒有那麼做，他們成了白玫瑰。

蘇菲和韓斯．索爾在自由思想濃厚的南德市長家庭長大，二人在少年時代便因懷疑領袖思想而被送入監獄，蘇菲．索爾少女時便立志貢獻社會，她的反納粹思想在來到慕尼黑大學後更為堅定，四二年六月，白玫瑰首度印了反動傳單，當初只印一百份。隔年，蘇菲．索爾積極加入活動，她設法將九千份的傳單送入德國各城市，他們要德國人清醒：希特勒說謊，他說自由時指的是戰爭，希特勒是大屠殺的暴君。

他們發了六次傳單。他們充滿革命的理想和天真的熱情：我們不會沉默，我們是你們最怕的良心，白玫瑰不會讓納粹安寧。二月十八日，一個教授在大廳看到蘇菲．索爾，他當場密告納粹，許多人也出賣了索爾，四天後，索爾兄妹便被處決。

他們的死改變了德國社會，如果沒有他們，這個世界是多麼冷清。

科學

SCIENCE

哲學

PHILOSOPHY

一個德國母親的故事

烏蘇拉．史拉黛克 Ursula Sladek

這裡是一個德國母親的故事。

卅年前，她是一位有五個孩子的母親，職業是女教師，她住在黑森林的小鎮（Schonau）上，全村人口也不過二千人，除了照顧家庭和教書，她很少出外，更別提做生意，她叫烏蘇拉．史拉黛克（Ursula Sladek，1946-，德國），今天卻是歐洲最大再生電力公司的負責人。

史拉黛克說，她這一生從來沒有想過要經營公司，更別提電力公司，但是，一九八六年車諾比核災卻改變了她的一生。

車諾比核災發生後，史拉黛克發現，遠在二千公里之外她的小鎮也大量遭到輻射，森林裡的蘑菇和野豬都被輻射傷害，她不知道孩子該吃什麼？該去哪裡玩？她開始深思核能的問題。

她決定和幾個朋友去找鎮上的電力供應商，遊說負責人不要再使用核電，讓他們自己使用再生能源。小鎮電力公司回答，「你們要節約能源可以，但我們是賣電的，你們要自己再生發電，那我的工作怎麼辦？我們怎麼可能幫你？」

他們沒放棄，她和幾個朋友開始籌資，一九九一年，史拉黛克和她的小組創建了自己的公司，推出了本地人的請願書，一步一步說服鎮議會和民眾，讓他們共同管理這家再生能源公司。

經過多年的努力，一九九七年，他們籌到了二百萬歐元，於是申請到小鎮電力供應許可，該公司（ＥＷＳ）為一千公民集體共股，只經營綠色能源，主要是水電業務，也包括太陽能電池板和風力渦輪機，有些家庭甚至可以自行生產熱和電，可以賣回給熱電聯產系統。

ＥＷＳ既然是綠色能源，電費是不是比較貴？不，事實上，「我們的再生電源比核電更便宜。」一原因是公司成立的目的不是為了獲利，除了必要的人事開銷，股東只得到小股息。

因為持股人的信念是要一起建立無核家園，讓孩子有個無核的未來。

目前，ＥＷＳ在德國可以供應十二萬戶德國人家的家電使用，在福島核災之後，德國政府已宣布未來全面廢核，ＥＷＳ公司營運範圍正在擴大，估計到二〇一五年，將可以供應一百萬人家的家電。

史拉黛克以家庭主婦的身分，投入綠能開發，耕耘了近三分之一世紀後，終於引起各界關注。她說：「我只是一個母親，我在乎的是孩子們的未來。」

她做到了一般人不敢期待的事，也因此獲得許多環保大獎的肯定，但她說，她相信全球各地的母親都有這樣的力量。

愛的極權主義

漢娜・鄂蘭 Hannah Arendt

前一陣子，我聽到一段和漢娜・鄂蘭（Hannah Arendt，1906-1975，德國）的錄音訪問，對她能以精準的德文捍衛自己猶太人的身分，批評德國民族恰如其分，印象非常深刻。用字措詞都強而有力，句句到位，銳利如刀。

不知她一生和德國哲學家海德格的愛情有遺憾否？

那一年，她年方十九，他卅五，已是馬堡大學的明星教授，而她是來自左派家庭的高材生，其實那時大家已覺得二人格格不入，但是她愛上他。他不是別人，他是一代哲學大師海德格

(Martin Heidegger)。

或者是海德格勾引了她?這已完全不重要了。一個耀眼發亮的明星教授,未來前景指日可待,他右傾的理論和反猶思想都未阻止她,他們陷入熱戀,雖然他已和愛爾菲德結婚。那時和此後,他們終身都只維持了曖昧的關係。對她而言,這是一段無可取代的愛情關係,也是一段密切的師生關係,但對他呢?我們只看到,在後來的日子,他急需要她,有現實利益考量。

但我相信他們最初是相愛的,至少有某種神祕及致命的吸引,是她的初戀,最不可忘懷的,最不可抗拒的,最激烈的情感,維持了四十幾年,一直到海德格去世。

他是納粹的支持者,她是猶太人。而愛情發生在最不合宜的時代背景,後來,她逐漸遭受反猶壓力,他升任馬堡大學校長,但已有反猶言論,乃至於攻擊她的猶太朋友,但她卻一再替他找藉口,她以為他是為了事業,或許是他妻子的壞影響,總之,她一再原諒他,但自身差一點不保,得費盡力氣才逃至美國。

到了美國,她暫時忘卻了他,和馬克思主義學者布呂歐結婚,研究權力及威權的本質,研究極權主義的起源,成為極權主義專家,在美國學界地位躍升。隨著納粹的毀滅,大戰結束後,她成為當紅的學者，而海德格則差一點成為階下囚。

海德格有許多信徒，雅斯培（Karl Jaspers）、馬庫色（Herbert Marcuse）和保羅・策蘭（Paul Celan）及當時地位隆重的沙特，那些人其實多少都模仿了他，包括了她，他那本《存有與時間》（*Sein und Zeit*）超越了時代，是廿世紀的思想之重，但沒人救得了他，因為他不肯對過去道歉，他不覺得自己靠向納粹的懷抱有錯。

難道他有精神分裂？或者我們該切割他的著作和人格？人格即思想，他成為爭議，她成為爭議的爭議。

他於是想起她，永遠會原諒他的她，寫了長信。是情書嗎？還是救命的呼喊？她以為他重燃舊情，但不知這是他妻子愛爾菲德的主意，他們想要洗刷反猶的罪名，只有靠她了，那時，她放下自尊，忍受痛苦，因為她明白，也只有她救得了他。

鄂蘭真的從美國來了德國，伸出大力援手，她為他辯解，她太會說了，說詞令人無法反駁，她說，海德格以為法西斯思想可以反抗機械文明，沒想到後來卻發展出瘋狂的現代主義，而且是希特勒背叛了他……

她為他解套的說法傷害了自己的極權學說，她要的是他的愛情，但他是務實的人，且彼時二人的地位顛倒，他反倒對她有的更多是嫉妒。

漢娜·鄂蘭，我理解她，我真的是。因為愛情本質沒有任何邏輯可言，你愛或不愛，有時並不能自主。或許這才是真正的極權主義？

如果他們相愛，誰也管不著

瑪麗・居禮 Marie Curie

上小學時便知道居禮夫人，後來到巴黎留學，有一年每天上課都必須經過名為「瑪麗・居禮」的地鐵站，其實到那時都不知她有多偉大。

瑪麗・居禮（Marie Sk odowska-Curie，1867-1934，波蘭）是物理學家和化學家。她是放射性現象的研究先驅，不但獲得兩次諾貝爾獎，也是巴黎索爾本大學第一位女教授和第一位葬在法國先賢祠的女性。

一八六七年生於當時沙俄統治下的華沙，瑪麗・居禮的祖父是一位傑出的文學導師，他的學生波胡士便是波蘭文學史上最重要的名字；父親是數學和物理教師，也是華沙中學校長。俄軍侵占波蘭後，他把學校所有儀器全數搬回家，並在家裡教導子女。因投資錯誤，家中經濟困難，不得不開始收留寄宿學生，以茲維生。

瑪麗．居禮十歲也開始上寄宿學校，接著讀女中，十二歲畢業時得到最高獎牌，但隨及她精神崩潰，可能是憂鬱症爆發，家人把她送去鄉下親戚家靜養。因當時女子在波蘭就學仍不容易，她轉而上起地下大學的課程，大部分的時候也在自修。

她和姊姊做了約定，她去擔任管家賺錢，以資助姊姊去巴黎讀書，二年後，姊姊再接她過去讀。那二年，她結識了數學家左杭斯基，二人熱戀，並打算結婚，但左杭斯基的家人強烈反對，左杭斯基順從家人的意思，婚姻不順，二人都有一段痛苦的日子。

一八九一年，她廿五歲，終於來到巴黎，下榻拉丁區姊姊和姊夫住處，白天上課，晚上教書，與當時巴黎物理和化學工業高等學院教師皮耶．居禮因工作相遇，二人喜歡一起討論研究，也喜歡騎自行車和旅行。皮耶．居禮向她求婚，她不肯答應，因仍希望返回祖國波蘭。

瑪麗返回華沙，皮耶也決定要放棄巴黎的職位去華沙教法文，但瑪麗很快便發現，波蘭學術界重男輕女的情形過於嚴重，根本無法讓她發揮所學，那時，皮耶來信說服了她再回到巴黎。二人結了婚，一起做研究。

一九〇三年，她和丈夫皮耶・居禮及亨利・貝克勒共同獲得了諾貝爾物理獎，一九一一年又因放射化學方面的成就獲得諾貝爾化學獎。多年後，她的長女和長女婿也於一九三五年共同獲得諾貝爾化學獎。

瑪麗・居禮的成就包括開創了放射性理論，發明分離放射性同位素的技術，以及發現兩種新元素釙和鐳。在她的指導下，放射性同位素後來成功用於治療癌症。

居禮夫人在丈夫過世後，晚年跟丈夫生前的學生保羅・朗之萬有一段韻事。此事在法國鬧得滿城風雨，巴黎報紙頭版標題曾經是〈愛情故事：居禮夫人與朗之萬教授〉，外傳皮耶仍在世時，朗之萬和居禮夫人便有密切來往。由於轟動一時，連愛因斯坦也發表看法：「如果他們相愛，誰也管不著。」他並在當年給居禮夫人寫了一封慰問信。

我不懂物理和化學，只是對她充滿才能並能發揮所長的人生感興趣，她是唯一獲得二個諾貝爾獎的科學家，她一生致力探索、研究，最後並發掘真相，毅力過人，我深感佩服。

魔姑

瑪麗亞．莎賓娜 Maria Sabina

認識瑪麗亞．莎賓娜（Maria Sabina，1894-1985，墨西哥）是因為卡斯坦內達（Carlos Castaneda）。十八歲時，卡氏的書激發我無限靈感，並且為我的精神世界打開了一扇窗。雖然她住在遙遠的墨西哥黃達拉山區（Huantla），並且早已過世。而卡斯坦內達是八〇年代暢銷書作家，也是祕魯旅美考古學者，據說，他的小說人物（也是他的人生導師）東璜（Don Juan）與她有很密切的聯繫。

瑪麗亞．莎賓娜是土地孕育的夢想家，是巫覡（Shaman），是歌唱家、手工藝家和農學家，她是天才，是通靈者和治療師，有人讚她是廿世紀最有遠見的詩人。

她將蘑菇神聖典禮和聚會（Velada）介紹給世人，不但治癒了許多人，並且開啟了七〇年代的人類迷幻之旅，帶動了新時代心理運動（New age movement）。許多名人包括披頭四主唱約翰．藍儂、吟唱詩人鮑布．狄倫、搖滾樂手米克．傑格都仰慕她，遠道專程到山上拜訪她。

一八九四年生於墨西哥奧乍卡附近，在那貧困的山區度過一生，活至九十一歲，她的精神世界無限寬闊、壯麗與神奇。早在三〇年代，奧地利旅美考古學者懷特．藍能便見證了她的神聖之旅，一九三八年七月，她女兒和她的美國考古學者丈夫強生等人首度也記錄了那一次神奇驚人的蘑菇經歷。

一九五五年，摩根銀行副總裁華生（Gordon Wasson），後來也成為她的朋友，帶著攝影師理查生到山上找她，他們那場神聖典禮也被記錄下來，華生寫成一篇報導，二年後被《時代》雜誌採用，做為封面故事，標題為：尋找神聖蘑菇。從此，她成為神祕主義和文化偶像，各地前來的訪客更絡繹不絕。

華生二人的那次神聖之旅，是和她一起服用了六對蘑菇，一小時後，經歷了許多幻象，包括色彩繽紛的幾何圖案，以及繁複華美的建築和宮殿。

那篇報導也影響了無數人對巫覡療癒的興趣，譬如提摩西．利綠（Timothy Leary），他因神奇蘑菇的效應，找到藥草治癒了自己的姊夫。

其實，神聖之旅並非她的發明，而是墨西哥原住民文化，她傳承了那些原始和神祕的遺產。早在五百年前，西班牙統治時代，原住民之間流傳了此生活經驗，與天主教無關，但並不排除，聖母瑪麗亞也可以是幻象，她只是媒介，她吟唱一首又一首的大地之詩。

成名後，她反而墮入不幸的悲劇。許多村民嫉妒她的名聲，批評她出賣並透露了「小聖人」的祕密給外國人，她的兒子被人謀殺，住宅也遭人火焚。之後幾年，她陷入愁苦，宣稱「神聖的力量已消失在雲端」，她不再說英文甚至西班牙語，只說土著方言。

我從來沒有任何類似的神聖經驗，也未食用過任何迷幻藥和神奇蘑菇。我只是一如以往對原住民文化深感興趣，她轉變了我對神祕學和神祕之旅的興趣，原來，這個世界這麼遼闊遠大，我們可以展開擁有各種旅途和經歷。

因為她，我開始想像，幻象的世界或許比真實世界更真實。

醫學
MEDICINE

她就是不想結婚

伊麗莎白・布萊克威爾 Elizabeth Blackwell

在現代社會裡，女性不想結婚是稀鬆平常的事，但她所處的時代和我們大不同，出生於一八二一年的英國，她是有史以來第一位醫學院畢業的註冊女醫師。她從小便不想結婚。

布萊克威爾（Elisabeth Blackwell，1821-1910，英國）生於英國的布里斯托，父親是一名自由愛好者，也是解放黑奴的支持者，布萊克威爾和家中六位姊妹都受到父親影響，終身未婚。九歲那年，她父親帶著全家移民美國，重操舊業在紐約開製糖廠，多年後移居辛辛那提，但製糖廠失火。不久，他也撒手人寰，使布萊克威爾一家陷入絕境。

在經濟壓力之下，布萊克威爾和母親及姊姊開始辦學校，當時不是為了投身教育，乃是謀生所逼。布萊克威爾展開高度學習天分，也開始寫小說，於此期間，她在與友人通信和日記中，對女性權益及解放黑奴等事表達了高度關心。

促使布萊克威爾走上學醫之路，是因為親眼看到朋友痛苦的死亡，那位可能得了膀胱癌的女子向她傾訴，男醫師看診如何使她難為情，或許女醫師可以讓她心裡舒適許多。

布萊克威爾因此立志讀醫學院，但在當時的父權社會，這條路艱辛無比。不但得籌足三千美元的高昂學費，還得通過醫學院的入學許可。她申請無數，但全遭拒絕。有人勸她不如女扮男裝，但她不死心，廿六歲那年，終於獲得紐約日內瓦醫學院的入學許可。

其實這張入學許可是個意外。當日內瓦醫學院收到她的申請後，大學校長決定開放讓師生共同決定，學生以為是個玩笑，因此也打了勾，沒想到因此而通過表決。布萊克威爾出席上課後，男同學全驚訝無比，一些課程也拒她於門外，但兩年後，她成功地拿到畢業證書。

她並不滿足於此，繼續返回歐洲，在巴黎醫學院註冊，但只獲准學習助產士學位。那一年，她左眼失明，當外科醫師的夢想隨之破滅。

一八五一年，她回到美國，開始行醫，但阻力不斷，只有少數新聞媒體支持她。隨後內戰爆發，她和妹妹及一位波蘭裔女醫學生共同加入救護工作，成立救護站，她也往返倫敦、紐約之間尋求各方的資助。當年，她是第一位登記註冊的女性醫師，這是大事一樁。很快地，她成立了女性醫學院，卅一年間培育了許多女醫師。她並且加入許多社會改革活動，諸如女性貞潔及衛生等議題。她相信基督教道德是促進醫學的原動力。

雖然終身未婚，但布萊克威爾的社交能力一流，她與名聞一時的南丁格爾也是好友，一起辦過醫院，只是後來不歡而散，她對南丁格爾只想招募和培養護士的心態有過批評。好友不少，但卻沒有「另一半」，她也曾自嘲，「不但沒有一半，連六分之一都沒有。」

五十五歲那一年，她倒捲入了一場三角戀。一位廿六歲的猶太青年，曾向她的養女求婚，卻愛上了她。

這位史上第一位有牌女醫師活到八十九歲。

莎賓娜的危險療程

莎賓娜．史碧爾埃 Sabina Spielrein

我對心理學和心理分析一直深感興趣，尤其是榮格（C.G.Jung），有一年還到榮格學院報名上學，只是課程五年，而我住在慕尼黑，必須搭飛機上課。

因為榮格，我注意到他的病人與情人莎賓娜．史碧爾埃（Sabina Spielrein，1885-1942，俄羅斯），也因此看過柯能堡以她為題材的電影《危險療程》，有點失望。但最近閱讀該影片的原著，由約翰．克爾（John Kerr）撰述的這一段精神分析史，卻是一本精采之書，令我大感振奮。

這本書從一九〇四年八月的某天開始敘述，那天，一位十八歲的俄裔猶太女孩被帶到精神病院，當時，她不斷狂笑尖叫，見人便吐舌頭，說自己是火星來的。父母是俄國小鎮富商，一家人經常在歐洲各地旅行，因為注重孩子的教育，以為女兒只要病情轉好，便可以直接進入大名鼎鼎的蘇黎世醫學院就讀，所以來到蘇黎世的 Burgholzli 精神病院，住入頭等病房。

女孩的名字是莎賓娜，為她看診的精神科醫生不是別人，是年輕的榮格。當時他受了佛洛伊德的影響，也在研究歇斯底里案例，莎賓娜是一個不可多得的好病人，她那時已經高中畢業，且聰明有才華，不但能準確地描述自己的心理狀況，也有神祕主義的傾向，可能有預言能力，榮格把她當成不可多得的研究對象。幾個月後，他踩下精神分析醫生不該逾越的界限，和病人發生戀情，並且是婚外情。

後來，這段戀情成為精神分析史上最重要的事件之一，不但史碧爾埃本人對精神分析有極大的貢獻，兩位奠定精神分析科學的大師佛洛伊德和榮格也因她而有了互動討論，甚至隨後有了間隙。

在這本書中，曾任精神分析書編輯的克爾做足了功課，他文筆佳，論述觀點犀利，能綜合史料，不但客觀描繪十九世紀精神分析發起的社會和歷史背景，何以維也納和蘇黎世成為精神分析的起源重鎮，兩位大師由欣賞到親如父子的關係，隨後互不往來的交往過程，藉而揭櫫二者在精神分析上的重要地位，總結各家特色，各派歧見爭執，毫不遺漏，且全書充滿故事性。

原來史碧爾埃這樣一位才華洋溢並帶著那麼些異國情調的年輕女孩，便是兩位大師往來討論的話題重點。榮格愛上她的聰明和絕佳表達能力，在女孩身上找到浪漫的愛情，在幾次通信中，他把莎賓娜的症狀分次（沒有說明是同一人）告訴佛洛伊德，並要求已接受他為精神分析學界王國的未來子嗣的佛氏替他解惑。佛洛伊德不知史碧爾埃已愛上榮格，他搬出他的性和肛門論點，這一點他從不動搖二人。這樣為莎賓娜治療真是危險療程！

後來，莎賓娜一心要替榮格生個孩子，使榮格對婚外情產生畏懼，再加上榮格妻子及時寫信致莎賓娜在俄國的母親，莎賓娜那有控制慾人格的母親介入後，導致莎賓娜和榮格的關係逐漸疏遠。

莎賓娜第一件事便是寫信給榮格分道揚鑣的勁敵佛洛伊德，那是佛氏手上握的第一個不利榮格在學界發展的佐證。佛洛伊德寫信問榮格，那寫信給我的女人是誰？是不是瘋了？榮格承認了戀情，並說，我擔心我離開她會造成她病情惡化，所以才產生了感情。他並暗示佛洛伊德，

「我第一次去維也納找你回來後很多事情仍餘波蕩漾。」榮格是想告訴佛洛伊德，在那趟旅途，佛洛伊德的小姨子明娜向他訴說她和佛洛伊德的不倫戀，榮格似乎暗示佛洛伊德不要對外張揚他的私事，但佛洛伊德並未意味出來。

莎賓娜．史碧爾埃原本是一個幾乎被人遺忘的名字。她在榮格問診的過程中透露，她父親不愛母親，而父親愛她的方式便是責罰，他會以手打她的臀部，而少女的她因而從中獲得性高潮，隨後又陷入自責和自淫，她受不了自己……，這可能便是她歇斯底里的由來之一。

她後來對榮格絕望，返回俄國，因猶太人的身分，一九四一年被進入俄國的德軍屠殺。過去，精神分析學界幾乎全是男性的世界，佛洛伊德和榮格以降，學界提到女性的論述太少，克爾這本書至少為史碧爾埃稍做了平反。

史碧爾埃後來回到俄國開業，也成為俄國心理分析的前驅人物。

愛上心理學

莎賓娜．史碧爾埃 Sabina Spielrein

我的名字叫史碧爾埃（1885-1942，俄羅斯），我曾經也是一個人類。

這本日記和書信集是以這個句子為首，在一九七七年於瑞士一家醫院被人在一箱行李中發現，一直到近幾年才得以公開，寫的人是周旋在榮格和佛洛伊德之間的一名女子，莎賓娜．史碧爾埃，她是榮格的病人、情人兼心理醫生，與佛洛伊德也有長期神祕的來往，她站在兩大宗師學界的分水嶺上，寫信時的她名不見經傳，但是與她通信的兩人卻是心理學的代名詞。

這本日記和書信集公開後，史碧爾埃的故事立刻受到注目和垂青，她和兩位大師的關係也成為廿世紀心理學上一段不可磨滅的動人歷史。

一九〇四年八月十四日，出身俄國猶太富家的史碧爾埃由叔父和警察陪伴，來到蘇黎世伯格候茲里醫院，當時她還不滿十九歲，行為激烈反常，具暴力傾向，又哭又笑，聲稱來自火星，並堅持自己並未發瘋，只是情緒惡劣和頭痛。當時，卅歲的榮格受到佛洛伊德的歇斯底里症理論影響，開始以新的眼光和立場來探索此病，而伯格候茲里醫院駐院心理醫生是他第一個工作。

在來到伯格候茲里醫院之前，史碧爾埃已在蘇黎世海勒精神醫院待過一段時間，藥物罔效，病人頭痛症狀嚴重，也曾幾度尋死。榮格和她面談，當天他便在診斷書上寫下歇斯底里症。之後，並為她展開一段長達近兩年的心理治療，一直到一九〇五年，史碧爾埃受到他的鼓勵，病情好轉後，開始在蘇黎世醫學院心理系註冊就學。

以今天的心理學角度來看，史碧爾埃的現象稱之為邊緣性人格（Borderline Personality）可能更為恰當。當時，佛洛伊德認為歇斯底里症是來自對性的壓抑，他著重的是普遍現象解析，而榮格卻開始走上自我的道路，他並未全盤否認佛氏的看法，但有意在普遍人為現象中強調個人的背景和性格等因素。

按照榮格當年在伯格候茲里醫院的紀錄，女病人的父母本身關係不睦，父親嚴厲且有憂鬱症，雖愛孩子，但也當眾鞭打和羞辱女兒，並動輒以自殺威脅家人和女兒。史碧爾埃深愛父親，她的愛不但痛苦並糾纏著恥辱和自虐，她後來向榮格表述，父親痛打她屁股時，她會得到性高潮。不但父親，她的母親也打她，史碧爾埃十四歲時便因母親責打她，而在俄國老家冬天想活活在地窖中把自己凍死。

因此榮格認為，史碧爾埃在伯格候茲里醫院的種種行為都與她的原生家庭有關。病人在醫院會想辦法違反醫院規定，刻意要得到醫護人員的處罰，她要在處罰中得到活下去的快感。而且因為愛上榮格，她拒絕痊癒，她怕離開醫院。

仔細讀榮格對史碧爾埃的紀錄，及史氏和榮格與佛洛伊德的書信，不難發現史碧爾埃是一名精采的女病人，聰明絕頂，才華過人，如果心理醫生在這個行業中需要有所發揮，無疑她便是最有潛力的個案，想必她的想像力及聯想力會激發心理醫生無窮好奇和解析。當時榮格已打算潛心研究歇斯底里症，而史碧爾埃便是求之不得的案例。

史碧爾埃在心理治療過程中愛上了她的心理醫生，一天榮格因公事無法為她應診，她自虐抗議，引起榮格注意，從此專注照顧病人，並引發戀情。史碧爾埃在日記上寫道，死後只想得到榮格的祝福，而鍾愛石雕的榮格則送給她一塊小石塊，榮格說那是他的靈魂，他要史碧爾埃終生保管。

那個時代的蘇黎世逐漸成為人文精英聚集地，達達主義在那裡起源，發明相對論的愛因斯坦也搬至當地定居。史碧爾埃在蘇黎世醫學院時期與榮格陷入熱戀，曾有一度，二人相偕觀賞《崔斯坦與伊索德》歌劇時，榮格因戀愛的喜悅居然走出歌劇院痛哭失聲。

當時榮格已婚並育有一子，在心理學界剛建立了聲名。他至愛史碧爾埃的訊息在二人書信中透露無遺。一般人都會認為，史碧爾埃有戀父情結，終生是在尋找一個父親，但無疑地，榮格也在尋找一個母親，而史碧爾埃對榮格而言正是母親的原型。一九〇八年，史碧爾埃致信她在俄國的母親：

榮格愛我正像我愛他……他是我父親，而我是他母親，或者我是他母親的代替品，他和那代替品關係深不可離……榮格兩歲的時候，他母親患了歇斯底里症……而現在他愛上一個歇斯底里症病人，而我愛上一個心理醫生……

那時史碧爾埃便已發現，榮格必須透過對她的關係，改善從小對母親的疏離之感和焦慮，甚至他必須透過史碧爾埃來重建他對母親的責任。榮格日日夜夜無盡無止地想著史碧爾埃，但之後伴隨的是更多的懺悔。她是神聖不可侵犯的，他經常向她道歉，他時時刻刻認為他有責任照顧她。

不只在心靈和性慾的轉化如此契合，榮格在夢的分析一事上也受到史碧爾埃不少啟發，史氏在圖畫形象與心理關係上卓越的分析感，使用簡單直接的造句表達內在或直覺，使榮格相當驚嘆。榮格後來也認為，史碧爾埃協助他在佛洛伊德的歇斯底里研究外找到一個位置，他和史氏在知性上有極大的互動。

但榮格在一九〇八年毅然決定結束這段動人魂魄、本質錯亂的愛情關係，根據史碧爾埃的說法，榮格分手的理由是愛情若持續，將毀掉他的事業，榮格是個以事業為重的人。史氏的看法大致也沒錯，但榮格在一封分手的信上這麼寫：

我在找一個懂得愛的人，一個不會處罰別人，或將感情關係變成牢獄，甚至使人枯竭的人，……還給我愛和耐心以及將自我抽離出來吧，那些東西我在你患病期間全部給了你，現在我自己病了。

暴怒的史碧爾埃以刀子刺傷榮格，這段戀情雖未擊倒她，或許也帶給她新生的力量，使她回到俄國在心理學領域留下可貴的成績，但是沒有出口的感情陰影也跟隨了她一生。

榮格在遇見史碧爾埃前已經看到自己在心理分析理論上與佛洛伊德的分歧，他也提過愛能治療的說法，而與史碧爾埃相愛似乎有些反諷。也許有人會認為，心理醫生聽取病人全部內心祕密，他們很容易操縱病人的情感，但榮格與史碧爾埃的戀情如果得到寬容和同情，原因很簡單，如果一個心理醫生不付出他自己的靈魂，他將如何拯救病人？一個人只有在靈魂上與另一個人靠近，才可能對別人的心智產生影響。批評榮格與其病人發生外遇關係的人，可能忽略病人和心理醫生互動的機制，只有靈魂才能召喚感覺，也只有感覺才能拯救靈魂。

和榮格分手後，史碧爾埃在蘇黎世醫學院完成學業，並且決定前往維也納去見佛洛伊德，從此也成為佛洛伊德的門人。佛洛伊德在一封信上向她訴說同文同種的情感：生下來是猶太人，終身便是猶太人，（我們）不會被理解和接納。榮格在與史碧爾埃交往前後常和佛洛伊德寫信談起史氏，他們暱稱史碧爾埃為「那小的」（die Kleine）或「那聰明的腦袋瓜」（der feine Kopf），佛洛伊德一方面給榮格許多愛情建議，另一方面卻對史碧爾埃產生極大的好奇，他勸導史碧爾埃切斷榮格，甚至要她不要忽視她對榮格的憤怒。史氏和佛洛伊德後來展開通信關係，從書信，外界雖無法得知兩人是否有肉體關係，但卻不免神祕而曖昧。

在一封史碧爾埃致佛洛伊德的信上，史氏向佛洛伊德陳述對方在她的夢中長了乳房，史碧爾埃自己認為她可能向佛洛伊德尋找一種母愛。如果要追尋榮格與佛洛伊德後來分道揚鑣的痕跡，佛洛伊德捲入他與史碧爾埃的關係也是重要事件之一。

一九一二年佛洛伊德去信給史碧爾埃：

……所以你結婚了，但我關心的是你對榮格還有一半的精神依賴，不然你不會決定結婚，另一半仍然存在，問題是那該怎麼辦，我希望你完全走出來，請你在十月一日以前讓我知道，你是否願意逃離他的專制來和我做心理分析……

史碧爾埃專攻兒童心理學，畢業後去過日內瓦、柏林、莫斯科等地，一九二〇年代返回俄國定居，嫁給一位俄國醫生，生了兩個女兒，並在家鄉洛斯托夫市開辦一個兒童心理醫院，那也是蘇維埃第一個兒童心理醫院，連史達林的兒子瓦斯利都在她的醫院待過。史碧爾埃不但是女性心理學先驅，也是俄國心理學界的拓荒者，不過，她的婚姻並不幸福，不但她對榮格念念不忘，榮格也沒忘情於她。一直到一九一九年榮格仍然這麼寫：

史碧爾埃對榮格的愛使後者明白他之前粗略的懷疑，他懷疑潛意識塑造命運的力量何在，而現在他才知道那力量的重要性，那段關係必須昇華，因為唯有如此才不會走入幻想和瘋狂。

有時為了活下去我們必須毫無價值地活著。

榮格未說明潛意識塑造命運的力量何在，他在信上強調的是關係的昇華，只有如此才能解決他和史碧爾埃之間由兒時經驗轉化而來的致命吸引。榮格很清楚知道他在分析理論上受益於史碧爾埃甚多，但他和史碧爾埃可能畢生都無法釐清，為什麼他們的愛會帶來精神罪惡，且終其一生都不能逃離。

史碧爾埃雖在俄國建立心理學家的名聲，但史達林卻看不慣史氏自由的作風，更不容許心理分析中有關性的理論，史碧爾埃必須為佛洛伊德捍衛，她不時便受到祕密警察的騷擾。而一九四二年納粹東征俄羅斯，在洛斯托夫城一家猶太教堂內，史碧爾埃與兩名女兒被納粹當場槍擊身亡。

情慾

LUST

她不想當美國人

雪兒・海蒂 Shere Hite

八〇年代初以《海蒂報告》震驚全球的女社會學家雪兒・海蒂（Shere Hite，1942-2020，德國）決定不當美國人了，上週她放棄了美國護照，宣誓加入德籍。

《海蒂報告》便是女性性生活的報告，這本書的出現對七、八〇年代風起雲湧的女性運動潮流產生不小的衝擊。海蒂整合了許多調查統計數據，向普天下男性提出前所未有的挑釁和質疑：女性其實不需要男性也可以得到滿意的性生活；還有，男士在社會的壓力下愈來愈膽小無為，愈來愈不願意結婚，也不敢付出熱情，所以，女性通常是「愛情的終結者」，女性通常是主動結束愛情關係的一方。

《海蒂報告》中，當然也同時對父親的形象及父權的地位提出挑戰。海蒂認為，由女性單親所撫養的兒童，沒有父親的監管，反而在感情上更堅強，更不縮頭縮尾。也由於類似的結論，海蒂的報告因而引起軒然大波，她一方面贏得「性高潮女士」的稱呼，一方面由於自己的婚姻同時發生危機，被美國社會譏為「理論無效」，她的離婚是「步上錯誤理論的後塵」，「自食惡果」。

根據海蒂的說法，她長期遭受美國社會及輿論的人身攻擊，她個人最無法忍受的便是美國社會對性生活的虛偽態度和雙重標準，一九八七年她移居歐洲。她先是住在巴黎，隨後嫁給了比她年輕甚多的德國鋼琴家何瑞克，便跟隨著他先後住過柯隆、倫敦，最後二人決定住在德國。

儘管許多女性主義者或女同性戀者引用海蒂的研究做為依據，今年五十七歲的海蒂說，她是女性主義者，但她並不是女性主義作家。基本上，她不認為激烈前進的女性主義能起什麼作用，最簡單的例子，在美國一些激進的女性主義者甚至要求某些英文字全部改寫，如歷史（history）應改為 herstory 等，海蒂認為滑稽並且無意義。

對大多數美國人來說，德國是過去納粹的起源，幾十年來，提起德國，一般人只聯想到希特勒，也就很難想像海蒂的決定。海蒂自己則說，她之所以選擇德國做為第二故鄉，是因為她喜歡古典音樂，她從小喜歡古典德國作曲家，而她這麼多年來，對古典音樂的興趣逐漸高過文學，她說，她下輩子要做作曲家。

另外，海蒂也認為，德國非常注重女權，過去地位崇高的德國聯邦議會主席和德國總理都是女性。德國也是崇尚人權的國家，出身於德國的宗教改革家馬丁．路德便是她心目中的理想英雄，她說她一生追求的也就是自由，解放所有來自人類的不當制約。

海蒂加入德籍，一些德國輿論大表歡迎，也有評論家發表了典型的德國看法：別高興太早，德國是世界有名的高稅賦國家，加入德籍之後，她也得開始付稅了。

波拿巴公主性冷感

瑪麗·波拿巴公主 Princess Marie Bonaparte

她是拿破崙的姪孫。

瑪麗·波拿巴公主（1882-1962，法國）是法國作家和心理分析學家，也是佛洛伊德最親密的女弟子。她的名字與大師緊密相連，因為她不但在學術上做了許多努力，並且也捐出大筆財產為心理分析學做出貢獻。是她，佛洛伊德才得以逃離納粹德國。

瑪麗·波拿巴是法國皇帝拿破崙一世的姪孫。她的祖父是皮埃爾·拿破崙·波拿巴，出生在巴黎附近，母親因分娩她引起的栓塞而過世。瑪麗與希臘國王喬治一世的第二個兒子結婚，其後也被稱為希臘和丹麥的喬治公主。他們育有兩個孩子。

瑪麗．波拿巴很早便對心理分析產生興趣，尤其對女性性困擾這個題目，她專門研究女性的性冷感。一九二四年，她化名在醫學雜誌上刊登她的性冷淡理論，即測量二百四十三名婦女的陰蒂和陰道之間的距離，她的結論是，二者的距離是能否達到性高潮的關鍵，擁有二者之間短距離的婦女在性交時容易達到性高潮。

波拿巴公主醉心性研究一事在當時的巴黎已廣為人知。羅馬尼亞現代派雕塑家康斯坦丁．布朗庫西，以她做為雕塑對象，發表作品《X公主》，在當時社會引發巨大醜聞。他把她塑造成一個巨大而閃閃發光的青銅陰莖，象徵她終身追求陰道高潮的痴迷。

一九二五年，瑪麗尋求佛洛伊德治療她的性冷淡。後來留下的紀錄並解釋失敗的原因，是傳教士體位難以完成性交高潮。但佛洛伊德將波拿巴公主視為傑出弟子和傳人，他曾說，「瑪麗．波拿巴詢問我的問題，我尚未能夠回答，儘管我已有卅多年的研究，但我對於女性的靈魂，還有究竟一個女人要什麼？我始終不清楚。」

二戰時代，她向德國納粹付出了巨額贖金，才將當時人在維也納的大師接到倫敦去，波拿巴公主並買下佛洛伊德和柏林耳鼻喉科醫生威廉．弗里斯的通信，儘管佛洛伊德更希望燒毀那些通信。但她將通信視為珍貴的大師資料，堅持買下。

著名法國近代心理學家拉康，六〇年代時曾分析瑪麗．波拿巴的性冷感，並發表講座，主題是焦慮。儘管她對自己有許多性功能障礙的描述，但她仍然曾與佛洛伊德的弟子魯道夫．洛文斯頓有一段婚外情，後來一度也與法國總理布里安德有來往。

做為精神分析學家，她提供學界大量的服務和推廣精神。她將佛洛伊德的作品翻譯成法文，並且在一九二六年於巴黎成立法國精神分析研究所，除了保護她自己的學術研究，也致力維護佛洛伊德的遺產。

她與佛洛伊德的師生關係，包括她如何協助他全家逃亡，這段故事在二〇〇四年已被拍成電影。電影著重是師生關係和逃亡過程的緊張，並未觸及她個人生活焦慮。一個終身奉獻在精神分析界的傑出女性，很可能最後仍然未解決自身性冷淡的問題。

一個令人難為情的名字

蓓阿特．烏澤 Beate Uhse

這個女人的名字大部分的德國成年男人都知道，其中，至少有一半以上的人口曾經是她的顧客，儘管絕大多數的男人並不希望外界知悉。蓓阿特．烏澤（Beate Uhse，1919-2001，德國）這個名字，改變了德國男性社會的次文化，而這個名字象徵的正是性與色情。

蓓阿特．烏澤是一個女人的名字，也是一家股票上市的色情商品總經銷商。烏澤在將近六十年前成立了蓓阿特．烏澤公司是全球第一家色情商店，今天仍是德國境內營業額最大的公司之一。

一九四三年，烏澤十七歲，出身醫生世家的她，當時便展現其「為所欲為」的個性，她不但擁有飛行執照，在二次大戰時期，她更在前線擔任戰鬥機駕駛員。戰後，烏澤成為寡婦，在當時戰敗的德國，各界貧困潦倒，任何人家都不敢輕易生育孩子。烏澤的機會來了，由於德國長期遭封鎖，對避孕新知毫無所知，烏澤立刻成立了出版社，她印行簡單易讀的避孕手冊，該書很快地便風行全德國，烏澤開始其下一步：販售當時仍未廣為人所接受的保險套。

早在六〇年代，烏澤便隻身飛赴美國，當時美國甫開始發展直效行銷策略，烏澤將美式行銷觀念引進她名下公司，她很快了解，性和色情行業必須具備一定的隱密性，才能鎖定更普遍的大眾，因此，烏澤很早便開始其色情商品的郵購服務，該公司的營業額瞬間以驚人數字成長。

一家接一家的蓓阿特．烏澤公司陸續在德國及歐洲各地開幕，八〇年代，烏澤眼見愛滋病將成為世紀性恐慌，她及時又加以運用成行銷策略，她利用現代人對愛滋病的疑懼，推出一系列的塑膠色情娃娃等性產品，宣稱可以享受「無病無害、沒有危險、有趣的性生活」。

蓓阿特．烏澤雖然已在二〇〇一年過世，但她的公司營業額經年累月皆能不斷成長，現在已全力進攻網路行銷。

我剛到德國時，常在電視上看到她，她是一個活力充沛、喜歡雄辯的女人，在節目上與思想保守的道德論者爭論，樂此不疲。她堅持性生活是人類應享有的生活樂趣，認為開設性產品商店是「造福人群」，年近八十時，仍在電視機前坦承「我有時也會召男妓」，圍繞她身邊的男人有的年紀都可以做她孫子。

蓓阿特．烏澤也愈走愈遠。九〇年代開始，該公司大量投資色情電影，甚至進一步經營色情場所及電話色情服務，似乎只賣情趣商品還不過癮，使得其顧客群的水平開始走下坡。但不管喜不喜歡她，百分之五十的成年男性都曾經是蓓阿特．烏澤的顧客，購買的情趣商品以按摩棒、色情娃娃等最為廣泛，光顧蓓阿特．烏澤的女性顧客仍大幅低於男性，所以蓓阿特．烏澤一度以性感內衣郵購等柔性手段接近女性顧客。

雖然「性愛無罪」，然而放眼今日社會，隱蔽不合適的色情風氣仍四處充斥，而性商品廉價化、普遍，這個七十年來風行德國的名字已逐漸成為一個貶抑名詞。

運動

SPORTS

飛吧，飛吧，女人

愛蜜莉亞．艾爾哈特 Amelia Earhart

她是一代偶像，有人說她是「空中女王」，有些人說她是女同志（Tomboy），有人說，她其實只是聰明，但並非是一位好的飛行駕駛。不管是什麼說法，都不會改變我對她的敬仰，因為她有少見追求夢想和實現自我的決心。

我彷彿看到，上世紀初，一個德裔的美國女孩愛蜜莉亞．艾爾哈特（Amelia Earhart，1897-1939，美國）站在空地上，第一次看著飛機在上空飛過，她在心裡吶喊著：飛吧，飛吧！

出生於一八九七年，冒險家和暢銷書作者，創下首位婦女飛行高度紀錄：一萬四千英尺；

也是首位飛越大西洋的女性、第一位飛自轉旋翼機的女駕駛、首位單獨飛越大西洋的飛行員、首位單獨兩次飛越大西洋及單獨從檀香山飛往奧克蘭跨越太平洋的飛行員、首位獲得十字飛行榮譽勳章的婦女。

但這些紀錄不足以說明她的傑出，而是說明她的勇敢。

愛蜜莉亞在兒時便與眾不同，她的母親不喜歡那種洋娃娃的女孩裝扮，讓自己的二個女兒穿燈籠褲，女兒剛好也不喜歡玩家家酒，而是戶外運動如登山和槍打老鼠。她曾在一位叔叔的協助下，在自家屋頂上建蓋了一個高的滑道，她坐在像雲霄飛車般的箱子裡滑下時，還撞破了嘴皮，但當時她興奮無比，對妹妹大聲喊叫：我覺得我在飛了！

八歲那年，她第一次看到飛機。她父親酗酒，因此工作不穩定，常常搬家，她一度只接受家教，沒去上學，後來去了學校後，也一直是同學口中的「孤獨行動的棕髮女孩」，在大戰期間，她在醫院擔任護士工作。

一九一八年是她人生的轉捩點。她和女友去多倫多參觀一個展覽，在那裡，她首度親自看到世界王牌級飛行員的飛行演出，她們二人站在空地上對著飛機揮手，一位飛行員看到她們，便朝向她們俯衝並貼近滑行而去，愛蜜莉亞後來表示，她認為那位開紅色飛機的駕駛在飛過她們時，一定對她說了什麼話，只是她沒聽清楚。

隔年，她和父親去加州一個機場，二人首度搭乘飛機，在這次十分鐘的飛行經驗後，她已立下決心，她要學習飛行。

為了籌措一千美元的學費，愛蜜莉亞去當卡車駕駛，一九二一年，她帶著學費搭乘巴士並隨後走了四英哩去機場。她請教了當時的女駕駛先驅娜塔思努克，「我想飛行，您能教我嗎？」六個月後，愛蜜莉亞自己買了一架淺黃色二手的 Kinner 雙翼機，為她取名「金絲雀」。沒多久，她便創下女子飛行最高紀錄，《波士頓環球報》稱她為「全美最好的女飛行員」。

愛蜜莉亞曾經一度與窮追不捨的查魯曼結婚，但愛蜜莉亞在結婚當天，手寫了一封信，「我不想將你綁在任何中世紀般的誓約裡，也希望你一樣給我的自由。」

愛蜜莉亞曾經在暢銷一時的自傳中提過，「做事最好的方法，便是去做。」後來，她因不明緣由在太西洋駕機墜落身亡，曾被批評「飛行前計劃不周」，不過，真正的墜機理由，至今仍不詳。當時有人也嘲笑她，飛吧，飛吧。

但她的決心和人生確實很值得敬佩。

VE00063

讀女人

作　　者　陳玉慧
資深主編　羅恩
校　　對　羅恩、蘇菲、陳玉慧
美術設計　陳文德

董 事 長　趙政岷
出 版 者　時報文化出版企業股份有限公司
一〇八〇一九 台北市和平西路三段二四〇號四樓
發行專線　（〇二）二三〇六六八四二
讀者服務專線　〇八〇〇二三一七〇五　（〇二）二三〇四七一〇三
讀者服務傳真　（〇二）二三〇四六八五八
郵撥　一九三四四七二四　時報文化出版公司
信箱　一〇八九九　台北華江橋郵局第九九信箱
時報悅讀網　http://www.readingtimes.com.tw
文化線粉專　https://www.facebook.com/culturalcastle
法律顧問　理律法律事務所　陳長文律師、李念祖律師
印　　刷　勁達印刷有限公司
初版一刷　二〇二二年二月十八日
定　　價　新台幣三九〇元

ISBN 978-957-13-9906-5
Printed in Taiwan

讀女人／陳玉慧著．— 初版．— 臺北市：時報文化出版企業股份有限公司，2022.02
面；　公分
ISBN 978-957-13-9906-5(平裝)

863.55　　110022282